山顶上是海

三三 著

江苏凤凰文艺出版社

图书在版编目（CIP）数据

山顶上是海 / 三三著. —南京：江苏凤凰文艺出版社，2023.2（2023.9 重印）

ISBN 978-7-5594-6978-6

Ⅰ.①山… Ⅱ.①三… Ⅲ.①短篇小说-小说集-中国-当代 Ⅳ.①I247.7

中国版本图书馆 CIP 数据核字（2022）第 113760 号

山顶上是海

三三 著

出 版 人	张在健
责任编辑	李珊珊　李　黎
特约编辑	王　怡
责任印制	刘　巍
出版发行	江苏凤凰文艺出版社
	南京市中央路 165 号，邮编：210009
网　　址	http://www.jswenyi.com
印　　刷	苏州市越洋印刷有限公司
开　　本	880 毫米×1230 毫米　1/32
印　　张	7.75
字　　数	140 千字
版　　次	2023 年 2 月第 1 版
印　　次	2023 年 9 月第 2 次印刷
书　　号	ISBN 978-7-5594-6978-6
定　　价	48.00 元

江苏凤凰文艺版图书凡印刷、装订错误，可向出版社调换，联系电话 025-83280257

目 录

山顶上是海
1

羽人
25

暗室
61

一个道德故事
111

猎龙
147

逆流
185

仇雠剑
219

山顶上是海

她做好一切精打细算。孩子过完生日，她就和丈夫提离婚。存款已尽可能转移，剩下只需打包现金、首饰、重要证件。除此以外，找一份工作，静候两年时效过去。接下去的事不劳她操心，法律将以最专业的方式接管烂尾。她上网搜索过许多案例，这个流程完美无瑕。只是难道不可悲吗？妻子这个岗位那么辛苦，从提出到正式离职还要拖两年。

　　事到如今，讲述婚姻的恣虐已毫无意义。她不是谋求复仇，如果那样，大可以采取更恶毒的方式——他们两个只要在一起，就是一种慢性自杀。现在，她只想快速抽刀断水，让生活改头换面，一笔勾销失败的痕迹。尽管决断果毅，得出结论的过程却很审慎，最麻烦的问题在于抚养权。

　　他们棘手的共有财产是小米，一个八岁的女孩，刚升两年级。相貌实在说不上好看，从前有人说，女儿和爸爸妈妈都不像，她不由得松了口气。她不是一个轻易言败的母亲,就送小米去少年宫学跳舞,再几年又送去学奥林匹克数学。那些酷暑,她挤在汗潮里等小米下课,最后无非只证明了小米在各方面都没什么天赋。"别要孩子,你以后就知道了。"假如有人要她提建议,她会这么讲。不过也没人问她,她没交上什么朋友,并把这归咎于婚姻的巨额内耗。

　　这天是女儿生日,她订了蛋糕,准备再做几道菜。她自忖并非冷酷的母亲,如果她真的对女儿一点爱都没有,现在也不至于如此失望。她一边想,一边把东西从环保袋里拿出来:卷心菜、西红柿、秋葵、洋葱、猪排、鳊鱼。这时,她听见阳台上传来一记闷响。也许是楼上高空抛物,反正生活够糟了,谁再投点垃圾进来也不算什么。她冷静地抓住环保袋,一个黑色波点的袋子,超市做活动的赠品,从中取出六个水蜜桃。

　　她拿起其中之一,闻起来不错,是那种亲切的、典型可食用的气味。所有水果里,女儿最喜欢水蜜桃,她曾因此讽刺女儿是猴精投胎。这个嘲讽挺经典,还囊括了对女儿外貌的评价。事后,她为自己的刻薄内疚,却不知道向谁道歉才合适。每逢这种时候,她只要再独自站一会儿,像电脑清空回收站似的,回过神来一切都好了。她又可以运作了,谁说人类体内没有黑科技呢?

这个下午和平时没什么不同,她整理东西、擦茶几、洗衣服。拖完客厅的地板,她忽然想起刚才的响声,就把拖柄搁在一侧,匆忙闯进阳台。

一只鸟,似乎是鸽子——她很快锁定了不速之客。浑身羽毛如乌云贴片,到脖颈处才亮起来。她用手机搜了半天,屏幕里跳出各种鸽子彩图,但没一只有这么宽阔的羽翼。鸟显然受伤了,被捧起时无力挣扎。她干脆进屋打开电脑,根据热心网友的建议,她用一块毛巾蒙住鸟的眼睛(以防鸟受到惊吓),又从药柜里找出红药水,倒在棉球上消毒伤口。尽管她被自己莫名奇妙的耐心逗得发笑,还是认真完成了收尾步骤。她翻出一个快递箱,侧面印有她前几天买沐浴露的牌子,这将是鸟的新家。

三点钟,她惊觉自己在鸟身上浪费那么多时间,她又不是什么慈善机构。再过两个小时,女儿就要放学了,她还得去接。厨房里一片剑拔弩张,各种食材躺在那里,发出无声挑衅。根本来不及做菜,可今天是女儿生日,不是什么可以蒙混过关的日子。况且一旦她实施离婚计划,这就是以家庭为单位过的最后一个生日。

接小米的返程恰逢下班高峰,地铁非常挤。冬令时节,雨水惹人生厌,却不时来访问这片陆地。她们挑了个角落站立,躲开滴水的伞。周围大部分人垂着头,迅速滑动手机。小米不停喊她,像章鱼吸盘企图牢牢吸附她的注意力。

"妈妈,问我一个英文单词。"小米尖叫。

"嘘——"一车厢人的关注使她脸上发烫,假如医学允许在孩子嘴上装个拉链,她会毫不犹豫地申请。想到是小米生日,她勉强克制不耐烦,"学校?"

"School,S—c—h—o—o—l,再来一个。"准确无误。旁边有个年轻女人望着小米笑,是那种出于好意而非发自内心的社交性笑容。

"作业?"她心不在焉,对这无聊游戏实在提不起兴趣。

"这个不算,重来。"小米沉吟后说。

"鸟。"

她忽然想起什么,精神一振,不顾女儿叫嚷着颠倒错乱的字母。地铁开到人民广场,大量人流进出。小米看到两个位子,急不可耐地跑过去。她们成功入座,又一场日常生活的小小胜利。这种世俗的胜利比比皆是,它的存在带不来什么快乐,但它若缺席,却会引发焦虑。令人遗憾,原来乐趣是减分制的。

地铁再次启动时,她对小米说起信鸽比赛,"其实就是放鸽子比赛,专门有人把一群信鸽带到几百,甚至几千公里以外。第一只飞回主人身边的鸽子,即获得冠军,主人也会因此得到很多奖金。据说冠军鸽子贵得离谱,一只至少抵得上一套房子。"

"每一只都飞得回来吗?"小米问。

"大部分都回不来。"她想,这是显而易见的。就连一颗精心研制的卫星都不一定回得到目标轨道,更别说鸽子了。

"那为什么要参加比赛呢?如果我养了鸽子,肯定舍不得送去比赛。"

她思索着怎么解释才好,这不是一个纯粹关于失去的问题,取决于你怎么看待它。如果看到的是鸽子归巢无望的风险,这就成了一场赌博;但有些人不这样想,他们把比赛看作一场考验。

"这些比赛很好玩,有一场从河南到上海的信鸽比赛,你猜冠军鸽子怎么作弊的?它一路搭高铁回来的。"为了图省事,她逃避话题。

她们很快到家,每天都走同一条路,不快也难。她用干毛巾替小米擦头发,安顿她做功课,自己折回厨房。油锅爆起来,肉与配菜依次跳进去,然后填水淹匀。她看了一眼挂钟,猫头鹰造型,很多年前旅行时买的。秒针有条不紊地前进,配上机械利落的声音,构建出一种浓烈的倒计时氛围。

丈夫今天应该会准时回家,出门前她特意叮嘱过。他们的婚姻维持近十年,有一个女儿和一套无贷款住房,和同龄人相比,进度不至于落后。偶尔,他们受邀参加朋友聚会。她记得烈日下烧烤炉的火焰，郊区公园里索然无味的骑行，自驾两个小时只为拍几张照片的池塘。她没法抱怨生活不充实，巨型迷宫让她晕头转向。有一次，她在一部BBC纪录片里看到一个蜂巢，摇摇欲坠，内部空荡荡。她恍然大悟，这就是他们的婚姻。

她把菜端上桌，小米循气味而来。她告诫小米，等爸爸回来再吃。小米一声不吭，伸手从碗里捞起一块肉。她竟然连筷子都不用，尼安德特人都比她文明。

"作业做完了吗？"她把小米揪到水池边，迫使女儿洗手，一边问道。

"我饿了，不想做作业。"小米一副快哭的模样。

她还是妥协了。事已至此，最大的困境在于她看不顺眼的东西越来越多，一个简单的选择都被视作妥协，带有强烈的屈服意识。她们到客厅坐下，两人赌气似的一言不发，她忽然有些不知所措。

外面雨下倾盆，城市涌出与夜晚相匹配的晦暗，仿佛四处悬浮着火山灰。幸好他们在一栋楼中拥有一个小格子，感谢屋顶和墙，让她不必直面恶劣的气候。然而，她想要的不仅是这些，此时她非常确信这一点。

她打开久未触碰的电视机，调响声音。大部分频道都在播放新闻，一群西装笔挺的人正进行某种磋商，满屏幕专有名词；一个骑自行车的男人被警察拦下，为其不遵守交通规则而受教育；接着，一对夫妇拐骗了房东十岁的女儿，三人从南方走到中部，最后夫妇在一座港口城市跳海自杀，而女孩不知所踪……各种各样的事情正在世界上发生，对她而言都很遥远，她所手执的不过是意义全无的信息碎片。

"妈妈，爸爸怎么还不回来？"小米小心翼翼地问。

"再等一下，快到了。"

二十分钟前，她给丈夫发消息，现在仍未收到回复。她站起来，到窗边打电话，无人接听。闪电起落，一匹磷光四溢的骏马在天边驰舞。接踵而来的是雷声，剧烈，理直气壮。她想起小时候，打雷时她总躲在桌子底下，祈祷这种崩裂的自然现象快点过去。那些日子近如昨日，她发现，记忆是私人感情的加工品，它根本不按时间的规律运转。

房间里冷得出奇，她重新坐下，皮沙发的凉意刺痛了她。她试着按空调遥控器，但没什么反应。空调已经坏了近一个月，她嘱咐丈夫加点氟利昂药水，他满口答应却一直没行动。她每天出门，看见小区门口零星几个举着牌子的男人，"家电维修，上门服务"，但她偏不要叫他们。她不曾料到，固执的代价巨大。十二月已经能滋养出如此严寒，没有暖气无异于身处冰窖。

"我能先吃点水蜜桃吗？"小米问。

"不行,马上就要吃饭了。"让小米对饥饿稍加隐忍没什么坏处。她知道动摇的后果,小米靠水蜜桃填饱肚子,而稍后的生日正餐黯然失色。

"就半个,剩下的明天吃。"小米不依不挠。

她没理睬女儿的讨价还价,坦白说,她对这一切感到厌烦。

她又一次站起来,朝挂钟的方向张望。她环绕餐桌一圈,探测菜的余温。又去打开冰箱,确认蛋糕没有问题,脆弱的奶油并未因为气温、湿度发生形变——粉红色的糖霜底座,左侧立着一只火烈鸟,标注"生日快乐"的巧克力片贴在中央,字迹笨拙。她不知道还能干吗,就顺手又给丈夫打电话。一个,两个,她拼命按"重拨",好像她跟那个号码有多大仇似的。无济于事,电话始终无人接听,天知道那个男人在哪里。

"这样太浪费时间了。"她突然放下电话。

她闯进小米的房间,从写字台上一堆课本里挑出《数学》。她问小米,口气严厉,她就像一个兼职的老师。"乘法口诀表背出来了吗?"

小米把脸从电视机前移开,摇头。新闻联播早已结束,此时黄金档电视剧正在上演,一群警察在城市中寻找某种痕迹。小米解释说,"还没有,前面在做英语卷子"。

"你先自己读三遍,然后我给你背。"她把书丢在小米腿上。

　　小米还没到有足以忤逆她的年龄，只好端着书窃窃私语起来。她四处巡视，查看还有什么事情没安排好。极勉强地，她想到丈夫。担心或愤怒，她不确定自己更倾向于哪一种。他们本可以相安无事地吃一顿生日大餐，以吹蜡烛许愿作为高潮。尽管她深信愿望大部分都不会实现，她还是会问许了什么愿，图个气氛。她准备把碗浸在水池里，当然，洗碗、摊牌等糟心事都可以放到明天。她擦干手，施展耐心，教小米背乘法口诀表。更晚一些，她和丈夫还要躺在一起。她将给他一个怎样的暗示，紧紧握一下他的手，像共同鏖战多年的战友。她或许还能面朝着他睡，最后一次，近距离观看他多年来的外表变化……然而，那个失踪的男人毁了一切。在本该体面告别的路口，他竟然还给了她一顿迎头痛击。

　　"怎么样？"她低头问小米。

　　小米胆怯地递过书，示意她可以接受测试了。她随便抽查几个，小米一个都没对，连三乘以三都答成了六。她不由得火冒三丈，对一个客观事实的认知都如此费劲，人和人要达成共识就更难了。她真想把女儿的头锯开，看看里面究竟有多少神经短路。如果条件允许，她会用一根烙铁棒把小米脑子里的东西搅得均匀，无助而顺从地，晃动手腕。最让她奇怪的事情是，她已经很久没有伤心过了。

难道她不应该躲进房间,为眼下的状况掉一些眼泪吗?眼泪确实没什么用处,但发生问题时,这是大家通常的做法。没有人像她这样,一边发火一边冒出古怪的念头。就在刚才,她甚至想到,要是岳飞母亲生活在当代,保不准就往岳飞背后纹一组乘法口诀表。

她想,不如继续自相矛盾下去吧,反正她早就投降了。

她走进厨房,没有开灯。外面雨停了,灯火上不再有湿漉漉的马赛克,城市似被擦亮。她显然想过一些坏结果,比如出车祸、暴毙、被绑架、和别的女人私奔、犯罪被捕,幻想险境好像是人类的天赋。即使知道坏事已发生,也比这样悬而未决好。她深吸一口气,这时,手机屏幕被来电点亮。

"喂。"尽管是熟悉的号码,她接电话时仍然很谨慎,仿佛嗅到了即将被宣布的厄运。

也不是什么不可挽回的事,更糟糕的她也经历过。这样想时,她和小米坐在ICU病房门口。医院里暖气供应得很慷慨,这一点让她满意,但缺点也实在恼人,不时有病人家属出现,爆发骇人的哭泣。一些人追着医生哀求,好像医生真的能说了算。

她的丈夫运气不错,病发前察觉到身体不对劲,自行来到医院,不久陷入昏迷。这家医院离他们老房子不远,来此问诊是他们的习惯。此刻,她又发现这家医院的另一个优点——她可以让小米在老邻居家暂住一天。过去,两家人关系很好,搬家后逐渐失联。由于这次意外,他们又通上了电话。

半小时后,小琪气喘吁吁跑上来。"天冷死了啊。怎么回事,人还好吗?"

小琪比她大七岁,一头短鬈发,大眼睛连带细纹,话说到一半经常撇嘴。小琪穿一件黑色羽绒服,五年不见,她总算添置了新衣服,过去她曾把一件格子呢大衣穿了整整一个冬天。

"医生说,命是捡回来了,具体要等检查报告出来再说。"她说。

"总算不幸中的万幸,一般心脏毛病,说去就去的。"说到死亡时,小琪故意用了含糊不清的词语。

"是啊。"她应和。有时候,命运之神拿着一堆刮奖券走在马路上,塞到谁手里算谁的,有好有坏,唯一的共性在于都是意外事件。

"所以我一直对人说,身体最重要,别以为年纪轻就可以肆意妄为。"小琪说。

她抿起嘴,难道她现在想听的是这些话?小琪一向如此,热情又喜欢规劝他人。他们还是邻居时,隔壁男人常跑到小区门口抽烟,问起来就说,小琪又唠叨个不停,女人一辈子要讲多少话啊?

"还记得阿姨吗?"她拍醒小米,小米揉揉眼睛,皱眉望着周末陌生的世界。

"都这么大了呀,真的越长越漂亮了。"小琪伸手去摸小米的脸颊,又转向她,压低声音说,"我说过会变的吧。"

她点点头,伸手到小米的衣领间,却发现没什么可以整理的。小琪牵过小米,她们往前走的时候,她还在后面叮嘱。"自己背乘法口诀表,早点睡觉,明天我来接你。"

下行电梯的门缓缓合拢,现在只剩她一个人,她浑身如被抽丝般顿时松散下来。医生、护士、家属或其他不相关的人从她面前走过,有时,人群紧追的是一辆升降抢救车。输液袋悬在架子上,一床被子呈蓝色,捂着某个生死未卜的患者。在某个瞬间,失落轰炸了她内心深处某一片良田,她再也无法乔装成一个戏谑的角色。

她抓住一个医生,询问丈夫的情况。医生摆手,说有消息一定会通知她。她也想跟着医生跑,那样做总比在原地白等好。犹豫不决时,医生早就拐进了某间病房。她只好坐下,护士站台的灯光罩住她脖子以下的部位,她偶尔改变坐姿,看影子发生细微的变化。

一个多小时后,小琪又一次出现在病房门口。

"我想你一个人肯定害怕,过来陪你,英英会照顾妹妹的。"说话之间,小琪从手提的塑料袋里拿出一捆毛线。多年未见,她的手艺毫无生疏。她的手指有规律地翻动,像攀登一座小山,而雏形已现的围巾正慢慢向下延伸。

"英英明年高考吧?"那女孩在她印象中有些乖张,清晨常在楼道里背单词,一旦有人路过立刻闭嘴,双眼紧盯对方直到看不见。她有时从女孩面前走过,感到一盏难以揣测的探照灯正瞄准她的背。那已经是六七年前的事了。

"是的,能进一个本科我就满足了。现在还说不得她了,一说她就顶嘴,说我们家里读书没一个好的,凭什么对她要求这么高。"小琪感叹。

"时间过得真快。"她说。

"你还记得五楼那个皮阿姨吗?"小琪忽然眼睛中放出异样的光彩,"信佛的那个,家里常年供奉着观音像。"

"怎么了?"她试图回想那个五楼住客,脑子里出现一个矮胖的老女人,戴一副金丝边眼镜,看上去斯文相。她们见过几面,一次是有一年人口普查,那个女人在社区做临时协查员。还有一次是交什么费用,皮阿姨收下钱后又退还给她,为纸币的缺角耿耿于怀。争执起来的那股凶狠劲头,根本看不出她信佛。

"她呀,两年前上吊了。你不知道多热闹,大家都跑去看,警察最后把五层楼封锁掉了。"

"为什么上吊啊?"她多少有些惊讶,皮阿姨看上去一点都不像会自杀的人。

"没人知道。"小琪摇头,"说来奇怪,皮阿姨死在秋天,年底前接连三个老人跟着去世。葬礼一场连一场,好像在发一副扑克牌……你相信那种事吗?"

"我不信。"她想了想,觉得自己什么都不信。

"哎。"小琪叹一口气,把手中深红色绒线摆在旁边椅子上,人突然站了起来,"现在腰椎越来越差,坐久了不舒服。"

她独自坐在那里,夜已过半,眼皮渐渐酸胀。没有人来向她通知任何消息,从某个角度来说,在ICU病房里没消息是好事。一个男人此时正陷在一张病床里,仪器罩住他的面孔,点滴快速从管道里跳落。她每想到这幅场景,都无法把病人和丈夫联系在一起,好像那只是电视剧里一个无关紧要的人,他可能随时死去、被绑匪劫走或进化成生化武器,但那和她有什么关系。她潜意识里难以接受,这是一个不可切换的频道,唯一的解决方法只有和时间比拼耐力。就在不久前,她还因为各种琐事厌恶他,比如汤放隔夜、买水果被骗、抹布没放回原处、偷懒不洗澡。如今,病危状态使那具躯体变得陌生,厌恶也突然失去了着落。她再次向四周张望,似乎还不确定,当下的处境是否只是一场梦。

小琪张开手臂,宛如一只野心勃勃的风筝。又左右旋转,做了一组拉伸。她无所顾忌地把医院当作清晨的公园,运动的同时，还向她传授保护腰椎的诀窍。她听得晕眩，心想小琪不知不觉已踏上了下坡路的台阶，很快她会成为一个真正的老人。

是时候面对那件往事了。尽管事情与她无关，但在她搬离老房子的五年中，一些片段不时出现在她脑中，像海面上神秘的红色救生圈，或一位不定期来收账的债权人。这么多年过去，事情应当已经过了保质期，如今它能激发的伤害不过是一圈微弱的涟漪。她一度权衡多次，最后都由怯懦占了上风。然而，她总不能一辈子闭口不谈吧，以后可能再也没有机会了。

"小琪姐，有件事情我想了很久，你听了不要生气。"她用了一个平淡无奇的开头。

"嗯？"小琪收住肢体，坐下来凑近她。她从小琪紧绷的大眼睛里看见自己的倒影，一张苍白的面孔，头发扎得散乱。

"那大概是七年以前的事情了，我也是听小唐说的。你知道的，男人之间讲话有时候会夸大，为了一时的面子，他们什么牛都吹得出口。"她稍稍转了方向，避免视线接触，但她还是瞥见小琪脸红了，衬得鱼尾纹像老式温度计中的红水银线。

"阿鑫哥那时告诉小唐，他和英英的一个老师在一起。那老师也有家庭，所以他们肯定只是玩玩。"她顿了顿，又说,"我知道这件事的时候非常气愤,但是小唐说,劝和不劝分,我没必要来搬弄是非。何况如果我告诉你,小唐相当于背叛了阿鑫哥……你千万不要生气,回去也不要骂他,这真的是很久以前的事情了。"

小琪沉默不语。她试图拍拍小琪的手臂,修补自己造成的灾难。小琪并不知道,为要不要向小琪坦白这件事,她和丈夫曾争吵过多少次。一开始只是讨论,后来分别进化到立场、三观的分歧。她一口咬定,小唐会在婚姻中累积无数谎言,只是为了简化问题。那时她弄不明白,他们自身什么过错都没有,一股接一股的惊涛骇浪到底怎么掀起来的。

"其实,这些都不要紧。"小琪缓慢地说。

"真对不起,只是始终觉得应该让你知道。"覆水难收,这种时候除了不停道歉也没别的可做。

"我和阿鑫前年就离婚了。"小琪说。

她猛地望向小琪,红潮已从小琪脸上退却,此时反倒泛着一种冷白色调,使她看上去就像一座汉白玉雕塑,没有情感,稳固得不同寻常。她想找一台时光机,回到还没联系小琪的时候,她根本不该打这个电话。也可以回到更久以前,她早些提离婚,或干脆下决心换一种方式和他相处,接受即将到来的一切。不过在这个时代,时光机尚未被发明,所以她只好继续向小琪道歉。只是她已经拉开了天鹅绒,看到陌生包厢里狼狈的一幕,退出去道歉又有什么意义呢?

"不是因为那个老师,是别的原因。反正后面也想清楚了,离婚对大家都好,干嘛非要凑在一起呢,你说是不是?"小琪朝她笑笑,好像反过来要鼓励她。

"你有没有假想过,如果你是别人,或者如果在某个时刻你选了另一种生活……"

"没有,我不想这种事。"小琪截断了她的话,"现在我总算明白了一个规律:世界上任何事都没有必然性。"

第二天傍晚,她接小米回家。同样的行程,同样破碎而不过脑的对话,又一个日常循环。最后抵达终点,旋转钥匙使之匹配锁孔,门打开了。房间里飘浮着一股腐烂的气味,恍如闯进一座甜腥的冬日墓穴。

微妙的不同寻常使她困惑,她本是一列疾速前进的列车,因沿途的风景过于熟悉而不再思考,但现在某种原因迫使她紧急制动。她环视房间,突然察觉到一些变化。桌面上有淡淡几道刮痕,一本常年放在茶几内层的杂志已生出霉斑;她很久都未注意到那张结婚照,它的背面曾被小心地写上日期,放进精挑细选的相框,摆在卧室的一侧,如今玻璃片上落了一层灰。脱排油烟机后方的墙被熏得发黄,再往里走,罪魁祸首出现了——腐烂还在感染,六个桃子无一幸免。她昨天就隐隐感到不对劲，或许她根本不该买反季的水蜜桃。

昨天走得匆忙，菜没放好，她不得不重新做。也没来得及买菜，只好勉强凑一点食材。她开始新一轮的煎炒，在汤羹上，她花了很多时间。她坐在椅子上等汤慢炖，短暂地睡了一会儿，但什么都没有梦见。

"真好吃。昨天那个姐姐煮的面，一点味道都没有。"吃饭时，小米抱怨。

"姐姐没把你赶出去已经很好了。"她想开玩笑，可笑容力度不够大，并没有从她脸上绽开，最终她只是空落落地盯着面前的菜。

"今天的鸽子汤怎么这么好喝。"也许是食物让小米显得活泼，她又迅速盛了一碗汤。

"这不是鸽子。"她伸出一根筷子，把整只捣碎，禽肉炖得酥烂入味，不负所望。她补充说，"它比鸽子有营养多了。"

她当然记得自己怎样从纸盒里把鸟捡出来，在雷雨与霜夜之后，鸟已闭上眼睛。她抚摸它，这既是试探，也是一种自欺欺人的弥补。鸟向她展示柔软的身体，仿佛刚死去不久。当时她还在回味昨夜的重逢，她的手指嵌入羽毛深处时，一种似曾相识的畏惧攀上她。她想起很多年前英英的模样，突然领悟到为什么她有那样警惕而冷漠的眼神——可能她早就洞悉了父亲的秘密,在所有人都未知觉的时候,秘密是泥沼中探出的一只手。她想象那些人如何被一步步摧毁,如何被迫变得丑陋又鳞甲重重,不再抱有期待。

"妈妈,爸爸今天还是不回来吗?"小米问,好像对什么都不知情。

她把碗筷收拾到水池里,擦桌子,弯腰时明显感到脊梁骨受到压迫。她转回厨房,想到自己在这个狭小的空间里度过多少时间。刚搬进新房时,她曾经那样满足,对快乐将逐渐淡出毫无心理准备。她的记忆不断回溯,像一颗局势大好的棋,终于她想起最初的事。

很多年前的冬天,她和小唐去香港。临行遇傍晚飞机上腾,在层云中咬开一粒洞。钻过迷雾隧道,耳鸣如抽绳拉紧全身,然后光线凭自由辐射拓开空间,天空重归漫无边际。日球仍然鲜艳,但其亮度不再具有攻击性。惯性把她牢牢压在椅背上,她干脆放松,抬头平躺。穿过窗的队列,明晃晃的夕烧四处蛇形,偶尔染上她的眼镜镜框。那时他们恋爱不久,第一次远行,她在短暂气流颠簸时抓住小唐的手。

在香港的最后一天,他们计划去石澳。从酒店坐地铁到柴湾,顺人流漂行,搭乘 9 路巴士。他们坐在双层巴士的上层，据有更受风景优待的视角。恰逢春节假期，游客饱和，车里流散着呼出的湿气。汽车缓慢行驶，在城市中越过几个序曲站点，不久就滑进山道。同属亚热带季风气候，这座南方岛屿却常年温热。两侧树木葱郁，密叶吐出黯淡的绿，是将春日嫩片熬熟后的哑光色。绕过一些弯道，落在下方的城市呈现于一侧。晴光刮花了建筑布局，高楼剥落一片片暗箔，倾倒在地。他们惊叹这秩序分明的景色，一方面也为高屋建瓴的视角而满足——但很快，城市完全被山路取代。

行至深处，枝叶从头顶交错，汽车穿越一道道木拱门。他们不得不持久地观察树群，懈怠与困倦似浪潮此起彼伏。就在经过一座足球场后，终点站石澳到了。广播冒出带港腔的普通话，催促所有人离开。

他们踩过吱吱作响的台阶下车，石澳村口的几家排档迎向他们，往里潜行则是民居。路并不宽敞，她闻到一股汗水的气味，但无法判断它来源于对方还是自己。他们途经一座派系不清的庙宇，几幢刷成彩虹色的房子，盆栽林立，无数次充当游客的照相背景。爬四十五度斜坡时，他们几乎耗费所有体力，扶弯一段又一段下垂的树枝。

最后，隔着细软黄沙，海终于扑簌而来。即便是晴天，海水也未见澄澈。灰蒙蒙的猎场之中，浪如霰弹枪不时打出零碎白沫。他们沿沙滩步行，很快又折返，远远坐下。

到处是鲜艳的花,似有一个巨型调色盘曾在这里跌碎,她能辨认出大丽花与瓜叶菊。

他们休息许久,树荫都移了位置。她忽然意识到一个问题,这片海位于山顶,其下方有一座接袂成帷的城市。她把这个发现告诉小唐,生活在城市中的人会怎样感受,当他们将自我从日常中解禁,仰头望见云雾,又会如何看待缭绕背后的那一片海。他们是否也将海当作一则非理性的奇迹?

他们重新打量海水,察觉它深藏不露的美,一种暗含激越后劲的力量。

有一些年,他们时常想起那片山顶上的海,日落以后、争执和好之前、对镜拔完一根白发时,或事业瓶颈期、轻度抑郁服药阶段、一个冻裂尊严的冬日午夜。那片海是他们回忆中的楔子,是他们这段漫长关系里的一粒暗扣。每当提起山顶上的海,某种失而复得的东西便在他们心中缓缓复苏,但那已经是很久以前的事了。

人 羽

雾霾最严重的那几年，我在北京当编辑。每天骑自行车上班，到单位出一身汗，冲锋衣里腾起一股烧煤般的瘴气。办公室另有一位资深编辑，姓张，一千度近视镜片之下藏着神秘莫测的目光。老张的阅读面驳杂，每次经过他身旁，总能发现一些意外之书，比如《木工基础》《俄国革命史》《伦理学中的形式主义与质料的价值伦理学》。有一回我还没走近，他猛地把书往抽屉里一塞。白炽灯光渗进缝隙，只见书的腰封上拓着一套春宫图，上有"品花宝鉴"四字细细闪烁。

我们的杂志叫《香炉山》，小说、散文、诗歌俱有专栏，属于纯文学刊物。每一期杂志的封面图，都遴选自历代的香炉文物。从中山靖王刘胜墓出土的错金博山炉，到新安海底沉船中打捞来的青铜狮子香炉，应有尽有。不过，我们杂志还算不上名刊，来稿量不大。想向稍知名些的作者求稿，往往须多番催促——当然，发稿费时，就轮到他们催我们了。

有一天早晨，我收到一个信封。转寄多次，已看不清寄件地址。起初只当作投稿，拆开却觉异样。一张 A4 纸，顶格赫然写着我的名字。

陈冲，我的朋友：

如果这封信真的能寄到你手里，我将十分感激。

我们多年没见面，你的影像还停留在十几岁的模样。有一年夏天，我们走了很远的路，穿过矮山与墓地，也钻了不少环形的荆棘枝丛。我们的四肢被划出红色的小伤口，你袜子上还粘满蒺藜。最后，我们跳进东海，一路游到北马里亚纳群岛。被送上军事法庭时，我们变成了两条鱼。经过一轮轮投票，人道主义者成功把我们放生了。你还记得这件事情吗，近来我怀疑它只是一场梦，你可以帮我确认一下吗？以及，你还好吗，如果看到信请务必给我回复，否则我担心你已经死了。

我一口气读了两遍，完全弄不明白寄件人的动机。既没署名，也没留回信地址。我把信递给老张，老张读完用手一拍说，这不还有一页吗？我连忙凑过去，但他的发现徒增我的困惑。第二页只有三行字，看起来像一首诗。老张把它念了出来：在江边倒立/流水像剪不断的头发/它闭上眼。

　　我们摸到混沌之物的边缘，又将它轻轻放下。到中午，我和老张去巷子里吃了牛肉拉面，鲜葱白蒜，几口热汤就化去了思维的桎梏。原已把此事视作一场恶作剧，谁知没过几天，又寄来一份包裹，似曾相识的字条滑了出来。

　　陈冲：
　　　　我要去一个很远的地方。这本诗集是我十多年里写的，我想还是直接寄给你吧。只有你保管，我才能放心。
　　　　希望你原谅我的冒昧，谢谢你！

　　随字条附上一本硬面抄，可以看出本子用了好多年，纸外壳疲软，有一个角向里折落。封面上印着歌川国芳的水浒绘，跳涧虎陈达。陈达没什么名气，但我认得出，还知道他在第二回就出场了。我想象陈达在昱岭关乱箭穿身的终局，一边翻开了诗集。粗览之下，不是什么惊艳的作品。诗歌并非我的长项，归隔壁房间的小吴统稿，但每个编辑多少被工作磨砺出一种形而上的文学嗅觉，能从伟大作品中闻出檀香、壁炉火味、黄金与肯尼亚湿土的混合气，或者仅仅是一种旷古烁今的剧烈腥臭。至于这本诗集，则像刚从水里打捞上来，一时只感到湿漉漉的暧昧。

我请老张看诗集。老张往右侧墙壁指了指，怎么不找小吴看？我说，小吴每天穿紧身裙，一见我就笑。还请我吃樱桃，红艳艳一颗直接塞进嘴里，怪不好意思的。老张笑了，人家又不是只请你吃，想开点。我压低声音，小吴有点不正经。老张说，吃人嘴软，你还话这么多。我说，也不是，每次嚼半天，把核吐出来时，心中不知为何甚是遗憾。老张恨铁不成钢似的说，小陈，你也一把年纪了，什么都不懂。

老张不仅对人生更有见地，对诗歌的了解也胜过我数倍。闲下来，他就把诗集翻几页，不时向我反馈读后感。有时他说，你发现没，这本诗集里的字迹和A4纸上的不同。字是人的一种精神面相，假如为同一个人所写，这个人前后变化奇诡。有时又感叹，古怪，万分古怪。你看这一首，挂在香樟树上的风铃/灵魂的密度随摆动稀小/晴光剪裁它的阴影/依次：小风、大风、无风……看上去在写风铃，但像不像一个人被吊死的样子，风是他挣扎时的呼吸。我被他说得毛骨悚然，手臂发痒，似有青苔从毛孔里缓慢地长出来。鬼使神差的，一片山中的森林把我少年时的记忆烫开，榆树、桦树、红杉，数量最多的要算樟树。我问老张，上次寄来的三句诗，你还有印象吗？老张原封不动地背了一遍，语调平淡，仿佛我问的是他家庭地址。我听完却一惊。我说，总算想起来了，我以前在那个地方待过两个多月。"流水像剪不断的头发。"说的是承南市的白江。江对岸叠嶂绵延，近江的一侧山峰上，有一座著名的如来殿，隔江正对着一个山茶遍地的小公园。"它闭上眼。"就是指如来佛像。

我一把从老张手里夺过诗集。或许在那时，回一次承南的念头便模糊升起了。然而，阴错阳差，等我真的付诸行动，已经是四年后的秋天。

承南不通高铁，从北京过去，每周有一趟大巴。四个半小时路程，全车厢只有我和司机两个人。一路听司机埋怨，现在没人回承南了，车票钱还值不回高速过路费。他的口音掺杂了承南的方言，有不少介于平翘舌之间的发音，我很久没听人这样讲话了。临行前，我买了稻香村的点心，路上和司机分着吃。等汽车开进客运站，只剩一层空落落的油酥片。

我订了一家江边的小旅馆，离客运站也不远。拖着行李走过去，正逢昼夜更替的钟点，天色晦暗。道路比我记忆中的更宽敞了，少许未铲平的水泥使路面崎岖，隔着薄球鞋刺痛我的脚底。街上寥无人烟，风簌簌翻黄了树叶，宣扬着秋天的权威。我还穿着短袖，浑身发冷。想抽根烟御寒，却摸出个空烟盒——壁炉里一根木柴都没有了。我只好继续前行，一种与时间脱节的凋敝景象映入眼帘。我的内心生出涟漪式的震惊，爱伦坡通往厄舍府的路也不过如此。

这所旅馆开业多年，从前我就见过。自我走后，外墙重新翻修过，以乳白色砂壁涂料茸出颗粒感。紧接下去的一些年里，风吹日晒，墙面局部变灰。玻璃门也是后来装的，上面用红纸贴着"欢迎光临"。我推门进去，前台坐着一个女孩。她戴了口罩，仍能看出脸中央有一道长疤，像曾经被人劈成两半。也像阿里斯托芬参加会饮时说的半人，弃绝爱情后，自我克隆黏成一个整体。见我走进门，她按掉无线电广播，起身望向我。

我们照面站着，她忽然说，你回来了。

我一时说不出话，暗地里迅速回想了一遍承南的故人，但怎么也找不到类似的面孔。僵持半响，我喉咙一涩，问道，你是谁？她低头笑了，一边满不在乎地用指尖把我的身份证移到面前。她说，那时候你们整天在江边闲逛，有一次碰上暴雨，还来这里借过伞，你不记得了。经她一说，我不觉恍然，细思却不对劲。我说，别开玩笑了，当时你才几岁，怎么可能借伞给我？她不管我质疑，自顾自地说，承南就这么点大，我小时候经常看见你们……你们三个人。我一愣，说出了那个名字。我问她，那你知道，梁梦真现在在哪里吗？她的眼睛下露出笑纹，梁梦真，原来你是回来找那个女孩的。

言谈之际,她办妥了手续,从底下一格抽屉里拿出一把铜钥匙。抬眼又见我,她说,大个头,你不要皱眉。我说,我个头不大,只是有点胖,你叫我陈冲就好。她点点头,陈冲,你要找的人我不认识,你天天皱眉也没用。我想对她笑,情急之下,做了一脸怪样。我解释说,我只是为鸟叫头疼,承南鸟太多了。你听,又尖又密,弄得脑颅里都是回声。

　　我们静下来,一起听了会儿鸟叫。

　　那些从尖喙里钻出的声音穿透窗户,肆无忌惮地涌来。我几乎要痉挛了。十几秒,也可能足足一分钟。她终于说,所以,你不是对我有意见,是对鸟有意见。我笑了,这回比刚才自然一点。我说,没有,我对鸟也没意见。

　　我十四岁前后,在承南待过一个暑假。那时,我父亲离家有一阵了,据母亲说他是去国外进修。一去大半年,音信全无,就算参加间谍培训也该回来了。只是母亲不多说,我也懒得追问。照理说,十四岁已经不小了,在古代属于大龄男童,第二年要把总角的发型改束为一髻。可在母亲眼里,我还是一副心智未开的模样。这不怪她,我平时沉默寡言,一放假就埋在书店里看闲书,根本没有能挑起生活大梁的迹象。另一方面,是我多年后才意识到的。我天性缺乏警惕之心,为了看清事物的真相,不吝惜凑近危险——我是说，凑近那些可能轻易毁掉我的东西。这一特质伴我至今，多少阻碍了我的成长。

那年夏天，母亲因工作缘故没空管我，干脆把我寄养到承南的小姨身边。小姨刚嫁过去不久。姨夫是个警察，许氏八卦掌第六代传人，一喝多就向每个人展示师门独传绝技。要等到三年以后，姨夫成功调到省里，小姨夫妇才能像其他年轻人一样，抓住机会离开承南。

言归正传，我刚到承南的那天夜晚，适逢姨夫出警，家里只有小姨一人。她把我带到一间小客房，里面陈设极为简洁，好像户主急着住进来，对这种不重要的房间还没来得及认真装饰。一具两用沙发紧靠着墙，已经往外翻成了一张小床。整个房间里最显眼的，竟是一扇朝北的窗户。窗帘正两向敞开，黑黢黢的云层几乎占了三分之一的窗框。低处雾霭之间，白江若隐若现，宛如一把幽光下的银勺。江畔闪耀着一些白光，鱼鳞似的乱颤，我渐渐看出那是几个手持探照灯的人。我们一直没开灯，好在黑暗中望个清楚。小姨往光簇指去，你看，你小姨夫就在那群人里，今晚估计又回不来了。我问，他们大晚上在江边干吗？但小姨回避了我的问题，只说，夏天就是杂事多，过两天，我带你去江边逛逛。

小姨的承诺兑现得很投机。第二天，她带我去了一趟农贸市场，中途有两公里沿江步行的道路。这就算看过白江了，顺便买了一篮西红柿、白菜、土豆、绿豆芽。小姨白天在档案馆上班，晚上去棋牌室一番消遣。通过这种方式，她迅速融入了承南。而她的生活越是紧锣密鼓，就意味着我有越多的自由空间。在承南小住的这些日子，我简直跳进了一口"自由"的游泳池。

至于那晚白江边发生的事情，是后来梁梦真告诉我的。我们第一次碰见，她穿了一条米黄色的无袖连衣裙，斜靠着假山底的一块大石头。一个侍卫般的男孩站在她旁边，当时我还不知道他叫白双喜，以为这张脸得配一个更凶狠的名字。对于我和梁梦真的谈话，白双喜有点不以为然，侧着脸斜眼看我，以至于我发现他侧脸有一些麻子。天实在很热，太阳表现得敬业过头了。白双喜被晒得脖子发红，梁梦真倒没什么，笑眯眯地剥着手里的花苞。我们说到江边悬案，梁梦真嗤一声笑出来。她说，原来那个人是你姨夫打捞的啊。我还没明白过来，问她，什么人？她说，就是跳江的那个。凡是下狠心想死的人，身上一般都绑过重物。你知道这人多有意思，他把轮胎拆了，随身绑了一台自行车架子。就这样，他失踪了两个礼拜，直到衣服漂上岸，才知道是自杀了。我半信半疑地问，好好的为什么自杀？梁梦真说，那你得亲口问他去。花苞被她剥到芯子，手指一碾，满手浅黄色的花粉。我不禁一直盯着她的手看。察觉后，她抽回双手。像转移我注意力似的，她又开口说，不过也没什么。承南每年都有不少人失踪、死亡，尤其到夏天，白江里经常捞出尸体。

我怎么也想不到，这个举止如此聪慧成熟的女孩，竟然与我同龄。她和白双喜是同学，在承南三中念书，暑假就结伴消磨时间。认识我以后，我们三个经常一起闲逛。不过，我们之间的关系十分别扭。白双喜几乎不同我讲话，偶尔四目相接，我感到一种动物式野蛮而纯粹的敌意。梁梦真待我时冷时热，即便最热情时，也有所保留。而他们两人似乎更复杂，有时看起来很亲近，却又在一些瞬间紧绷得令人窒息。

有一回，我们坐在白江边聊天。水还算清澈，但白江毕竟深，所以也见不着底，非要往下看只能得到一些波纹的幻象。梁梦真心情很好，脱了鞋子，把半截小腿浸在江水之中。正说到我随身带来承南的一套《射雕英雄传》，梁梦真突然脸色一变。我们忙问她怎么回事，她把脸转向白双喜，一改往日沉稳的样子，双唇嗫嚅，惊慌得几欲落泪。她说，我的手链掉江里了。"手链"像是隐藏着一种仅他们两人知晓的特殊意义，梁梦真一说出口，白双喜立刻意识到事情的重要性。他二话不说，甩掉身上的衣服，一头扎进了白江。我在岸边没回过神来，问梁梦真，你掉的是什么样的手链？她没回答，我兀自站着，久了觉得自己有点傻。不知又过多久，梁梦真像什么也没发生一样，问我，你刚说到哪儿了？《射雕英雄传》书好看，还是电视剧好看？她冲我扬起脸，眼眶里莹光盈盈流转。她的瞳仁很黑，像一对水中晶石，浸润着原始的无邪。我忽然明白自己为何这么喜欢听她说话，她不仅会说，还很擅长用手势、姿态、眼神去补充嘴里的话，让人和她面对面时，没法不对她言听计从。这对一个十四岁女孩而言，是一种何其惊人的天赋。被她一问，我脑子里一片空白，根本不记得《射雕英雄传》讲了什么。她接过话，说自己小时候很喜欢阅读，但家里一共只有两本书，是她退休的奶奶从单位偷回家的。一本是彩绘版《水浒传》漫画，还有一本《莎士比亚戏剧简选》，两本她都反复看了无数遍。我说，不能去学校图书馆借书吗？梁梦真一抬下巴，能啊，但我现在已经不读那些了，只喜欢诗。

白双喜还在水里呢！他上下游动几回，从江面上汲取一肚子空气，又雄心勃勃往水底窜去。最后一次浮上来，他的面孔发白，像一条精疲力竭的大鱼。我有些着急，但梁梦真丝毫没空关心白双喜，此刻她所有的神采都聚集在诗上。我那时语文成绩非常普通，对于要记诵的东西尤为深恶痛绝，自然入不了诗歌的门。但拗不过梁梦真有兴致，听她滔滔不绝地谈论诗。末了，她说，诗是最叛逆、最自由的文体，因为它完全没有意义。实话告诉你吧，我信任诗，你信吗？我一边还担心着白双喜，只能磕磕绊绊地说，我现在还不知道信不信……我们不用去看看小白吗？梁梦真一听，高兴地喊了一声。紧接着，伸手指向白江说，我们就以小白来作诗吧，我先来。她认真地凝视着水里，仿佛从这一刻起，她才注意到白双喜正在水里寻找她的手链。不得不承认，白双喜真是一位通水性的好手。他巡游于近岸的江域里，极有条理地按格子搜寻遗失物。在水下，他不止一次翻跟头，空心的小水珠从他滑韧的躯体中冒出，直往江面飘。随着他往深处潜去，人越来越小，就像一颗被水波以青蓝射线切割出多面的钻石。梁梦真看了一会儿，慢慢说出她的诗句：在江边倒立/流水像剪不断的头发。她拉起我的手说，陈冲，下一句你来试试。我思忖无果，胡乱接了句，夏天我们坐在大树下。梁梦真忍不住哈哈大笑，笑得双手直捧住腰。她说，有点意思，你还会押韵，就是驴唇不对马嘴……你快重新来一句！我无可奈何，把前两句叨来叨去，蓦地说出了第三句，他从水底向天空上升。梁梦真说，不好，"水"字重复了。我说，上升时他看见神仙鱼。梁梦真问，什么叫神仙鱼？我说，上升时他涌向一颗恒星。梁梦真追问，上升时他到底怎么？我说，上升时他带来一把命运之锁。

　　梁梦真又一次笑起来，露出浅浅的牙龈，这层虾粉色之中悬浮着夏日的核。那时我还不懂得，"美"是多么让人占优势的特质，一位美人身上无论发生什么变化，都是一种增色，但我俨然已受控于梁梦真的魔力。当然这并不是说，我会为她学习诗歌、为她捡手链、做任何她要求的哪怕匪夷所思的事，没有那么严重。只是和她在一起时，我常常陷入一种无来由的轻微震惊。

我正胡思乱想，白双喜猛地探出水面。梁梦真的嘴从半张开到慢慢抿紧，像一扇神秘的门徐徐关上。在我们的注视下，白双喜爬上岸，他气喘吁吁，发梢、睫毛、身体曲线的每一处弧形都在滴水。此时大约下午四点，承南的阳光不再那么烈毒，反而很好心地替他擦拭一身水的铠甲。他裸露的上半身恢复光洁，米色长裤仍然湿漉漉的，颜色比下水前深了一倍。他走近我们时，我闻到一股腐烂植物的气味。

白双喜冲着梁梦真摇了摇头。毫无疑问，除了疲惫，他一无所获。

梁梦真面无表情，却散出一阵沉郁的气场，宛如一头巨大的铜兽显露身上的一个钝角。她站起来，拍掉裙子上的土，甚至没有看白双喜一眼。转身要走时，她说了一句，废物。她的声音清脆、利落，活像一个拍在人脸上的巴掌。

然而，第二天碰面时，我看见那条手链若无其事地悬在梁梦真手腕上。她特意举到我眼前：一条纤细的红绳上，挂着精雕核桃壳，造型是一颗小佛头，厚耳丰唇，额上肉髻看起来栩栩如生。我想伸手触碰，但她及时收了回去。

我问梁梦真,你怎么找到手链的?梁梦真低头笑了,好像我提了一个过于幼稚而不必回答的问题。

我直到后来也没明白,这件乌龙事究竟是出于梁梦真的过失,还是从到头尾只是一场蓄意的戏弄。假如是后者,梁梦真未免过于狠心。要知道,为这一趟深泳,白双喜几乎废掉了半条命。这件事之后,她照旧肆意差遣白双喜,有时只是让他白白受累。我不知道白双喜是否生气,但有几次,他没有和梁梦真一起出现——并不会持续很久,没过两天他又带着满脸忠诚而来。所幸,梁梦真对我大体上还算友善。她似乎挺喜欢和我聊天,虽然多是她说我听。各式各样的词语从她嘴里跳出来,搭成一条轻盈旋升的桥。我们还约定,以后就算我回了家,她也会把写好的诗寄给我。在当时的我眼里,梁梦真那么骄傲、美丽,以超前的诗意活在最鲜亮的年纪里。我对她倾慕不已。

出乎我意料的是,我从小姨口中听说的梁梦真,却完全是另外一种形象。

有一个夏夜,我奉姨夫之命,去棋牌室催小姨回家。过了午夜十二点,马路在静谧的裹饰下显得比实际更黑。我们慢悠悠拖着步子,小姨打了个哈欠。没有别的铺垫,她突然提到梁梦真。小姨说,据说你和梁家那个小姑娘经常在一起?我霎时涨红了脸,还好四周黑得彻底。我结巴着说,对,她人很好。小姨沉默片刻,好像在品味"人好"

究竟是什么意思。随即开口说，这女孩在承南很有名，特别邪门，没人敢招惹她。我平时不管你，但对这种人，你还是保持点距离好。我扛着羞愧，勉强问，她怎么邪门了？小姨说，我也是听别人讲的，说她八字特别差，十恶不赦，百年难得一见。这种命格带了几辈子的罪来，放古代是层次最低贱的妓女。算命师傅说了，她一辈子不会有好日子，身边每个人都会抛弃她。我完全没想到，小姨说的邪门竟然是这方面。承南风俗气很重，逢年过节盛行仪式，算命问卜也常见，但我那时还对命运抱有一种天真的期待，不相信它能被轻易预言。我说，小姨，你怎么还信这个？小姨瞪了我一眼，这都是真的。她妈生她的时候难产死了，没长几岁，她爸因为赌博纠纷杀了人，把她丢奶奶家，自己再也没回来。我听了一时语塞，小姨干脆继续说，你知道她班上那个男同学吧，他妈是我牌友。男孩好几次下决心不和她来往，她就跑到人家家门口，哭闹纠缠，赶都赶不走。多狠毒的人，她要把人家的血吸干才甘心。

我到承南的第二天，阴湿小雨连绵不停。我去附近超市买了熟食、饮料，回旅馆又见到昨天的女孩。她朝我招手，看起来比乍见时活泼不少。我请她抽一支烟，她摘下口罩，露出一直劈到上唇的疤。闲聊之间，我得知她叫丁红，是旅馆老板的女儿。或许因为承南实在来客不多，她对我很好奇。我趁势再次向她打探梁梦真的消息，她移开脸，答应有机会替我问问。她对梁梦真怀有一种天然的不满，一说到梁梦真，口气就变得倨傲起来。她大可以回避相关话题，但不知为何，她选择的是刨根问底。我在承南已无熟人，唯有以丁红为切入口，便也照实回答她。我告诉丁红，我这次回来，主要想把梁梦真的东西还给她。丁红问，她给你留了什么宝贝？我说，一本诗集。丁红说，这有什么可还的，又不是里面夹了金条。我说，是她写的诗集。另外，我还有一些事情想问她。丁红耸了耸肩，不知是针对这些致使我来回奔波的虚妄目标，还是针对梁梦真所具备的写诗才能。

我准备回去休息，丁红殷勤地拿起装食物的袋子，说帮我送到房间。我们拾级而上，一条超纤维红毯铺在中央，底下是深灰色的水泥台阶。到三楼，我打开房门。丁红认真地往里扫视一圈，仿佛这是一处她从未见过的地方。看到那本诗集被我摆在桌上，她冲我会意地一笑。

整个下午，我在房间里读梁梦真的诗。浅黄色天鹅绒窗帘外，雨像一种失禁的抽噎，让人浑身粘稠。我起身冲了澡，用遥控器把仅存的几个电视频道调了一遍，又悻悻关掉。等我回到书桌前，重新注视着诗集时，天已经黑了。毫无疑问，这本诗集我读过很多次。还在《香炉山》上班时，我和办公室的老张一起读。老张读得比我还积极，有一次我同他开玩笑说，没想到你喜欢这种风格。老张摇头说，不是风格的问题，这些诗勾人好奇。诗歌是拒绝谎言的，读诗，就是把作者积攒的感受披在自己身上。从这本诗集里，我读到的是一个既纯粹又变态的女人。不瞒你说，女变态通常都有很强的性张力，而性和死亡又有一点隐秘关联，随手翻翻还是有意思的。当时，我正在做校对，腾出一只手拍了拍老张，不无敬意地说，老张，姜还是老的辣，我没你读得精深。老张颇为高明地退了一步说，别太当真，我都是瞎说的。后来我辞了职，每月在家写专栏营生。坦白而言，我年轻时朋友不少，梁梦真并不属于其中最紧要的。而我之所以重新读起梁梦真的诗集，一是因为它闪耀着极致的情绪，能为我的专栏撰写提供刺激。再者，在重复阅读之际，我似乎扎进了诗歌的更深处，感到她的词句之花是从一片黑暗的土壤中生长出来的——这让我着迷。久而久之，我发现了某种和现实互文的秘密，这正是我想进一步问梁梦真的。

接下去的一日，气候从阴霾中康复。中午刚过，丁红来敲我的房门。她已换去前两日的制服，取而代之，一件浅棕色的毛衣罩住她纤细的双臂，筒裙是十年前常见的款式，但穿着仍十分优雅。门一打开，她轻车熟路地走进来，问我是否要去江边散步。我未及答复，她瞥见床头倒扣的诗集，顺手拿起，把那一页的诗小声念了出来：去年冬天，我开始为你收拾行李，雪装进肺腔，柳叶缝在船底，凉扇扑灭鬼火，霜橘……这是什么字，掰？掰碎汁液四溅，肺腔装满雪。她念诗时也没脱口罩，无纺布面料挡住她的嘴，使一些读音听起来很模糊。她说，柳叶缝在船底，我喜欢这一句。我试图制止她，但她不肯把本子放下。彼此退一步之后，我答应让她再念一首。她往后翻了几页，又念起来：灰喜鹊无话可说，今天球形闪电如约而来，为了失去你，我独自走进灰烬，把死亡碎片握在手里。

我们从旅馆出发，不出五分钟便走到江边。许多年消逝，时间驱逐了原先驻扎于此的小摊贩，也多少重植了江边的灌木，可白江仍然给我一种一成未变的错觉。仿佛昨日在此掉落的斧头，今天还能就地捞回。据丁红说，有一年夏天，白江臭气熏天。市政府被迫采取治理措施，一夜之间，江水被抽得干涸见底。市民围绕着白江，有的甚至摸着侧道的石头往下爬。她有一个大胆的朋友，一路爬到江底。那人告诉她，除了一些螺蛳紧紧吸在那里，什么都没有。丁红说，你不知道多壮观，满城人都来看了。我问，那是多久以前的事情？她歪着脖子思忖，幡然回忆起来似的说，十年前吧……对了，那天下午，我见到梁梦真了，和她那时的男朋友一起。我心弦一紧，问丁红，是和她结婚的那人吗？丁红说，不是，那男人后来从承南消失了。这也不算什么事，年轻人都往大城市跑，承南根本留不住人。那以后梁梦真嫁了别人,但五年前,她丈夫也出走了。我的手心沁出冷汗,四肢虚软,如有所失陷。丁红却浑然不觉,问我,你听过她命运的传说吧?这都有定数,她在承南很有名。我勉强点了点头。我问她,那么梁梦真去哪里了呢?丁红一撇嘴说,你不是问过了吗?我哪知道,好像发疯了吧。我说,当年我妈突然接我回家,没能和梁梦真告别。偶尔回想起来,总觉亏欠了她。丁红转头打量了我一眼,口罩遮住了她大半副表情,让她的心意变得更难猜测。她说,行,我知道了。

周末的一日,我回旅馆时,丁红轻声叫住了我。当天生意不错,前台有一对情侣正在办理入住手续。丁红没时间多说,只简短地告诉我,她联系到梁梦真的一个远方表姐,相约第二天在咖啡馆见面。我兀自怔怔望着桌角翘起的木刺,丁红已然抽身,转而招呼新来的住客。我瞬间打消了回房间的念头,点了烟,漫步至白江边。路上人迹杳然,越靠近江,风势越发恣肆,把烟头一点暗火卷得耀眼。江面随之涌起一阵幽蓝的褶皱,像杂乱的重唱,每一滴水都癫狂地扮演稍纵即逝的角色。在隆起的江上,有一条银色鲤鱼独自巡游,那是下弦月的投影。我在江边稍站片刻,想起梁梦真诗集里的一句:水草,已经用旧的湿润方言,涨潮时屈从于永恒的沉默。

在那一场早就蒸发的夏日里,我们见过数不尽的水草。到夏末气温骤降的几日,我蓦地发现,原来水草也会枯萎。那时候,白双喜开始频繁缺席。有一天,我们在公园里等了他一上午,但他始终没来。梁梦真有点招蚊体质,在草丛停留稍久,满腿遍布被叮咬的痕迹。她不停伸手挠,先是皮肤皱出白屑,渐渐地鲜血也往外渗。她的指甲沾染上血迹,经风吹干后,色彩接近于一种湿土。我们去江边洗手,梁梦真弯腰许久,小心地剔清指甲缝。等她站起身,重又变得明媚起来,似乎江水的洗涤范畴并不仅限于污垢。

往常我们到岔路就分开,可那天梁梦真异常热情,竟邀请我去她家吃午饭。梁梦真说,你放心,我奶奶今天去乡下探亲了,家里就我一人。我心下犹豫,一来小姨给我留了菜,不吃恐怕要挨说;二来,我固然喜欢到处乱跑、探险、寻求刺激,但去别人家里是另一回事,总觉得冒昧。最紧要的是,自从小姨给我灌输了梁梦真在承南的名声后,我和她独处时尤为紧张,更别说上门吃饭了。至于这个最关键的理由,我无论如何也不可能说出口,只好含糊其辞地推脱了一番。梁梦真劝说半天,见我还在迟疑,忽然柳眉一竖,生气地说,陈冲,开学你就要走了,一起吃顿饭怎么了?想不到你是这么个窝囊废,谁稀罕和你交朋友。我说过梁梦真有让人对她百依百顺的能力,她的愤怒中缀着斑斑委屈,要是我忤逆她,一颗天真之心好像就会因我而敲碎。我只好答应，她立刻高兴了，拉着我的手说，走，我给你煮一碗手擀面。

我们往西走了一刻钟，穿过一条又脏又窄的小路，就到了梁梦真住的地方。一楼是一大片公用的区域，包括厨房与厕所，二、三楼分布着十几户居民。我们趁洗碗的邻居回去，蹑手蹑脚地爬上楼梯。梁梦真家在二楼。她一开门，我不由得为眼前的简陋而惊呆。这是一间非常普通的一居室，标准的长方形，十几平米大小。除了一排木制的大衣橱，房间里几乎没什么厚重的东西——一切都轻飘、琐屑，任人吹一口气就会碎掉。角落贴着一张小床，两条薄被子叠得边角分明，显然梁梦真还在和奶奶合睡。床头柜里，可以看见几只彩色发卡、一份不知道关于什么的说明书、一个停止走动的手表。床边的墙壁上，爬着一些蝇头小字。我正想凑近看，梁梦真一把将我拉回桌子边。她说，别乱看，在这儿好好等着。

梁梦真从冰箱里拿完东西，匆匆消失在门口。等她再次出现，手中多出一碗热气腾腾的面条。那是我见过最大的碗，空间甚至足够养两只乌龟。我伸长脖子，汤底中番茄炒蛋的香味扑面而来，几根青菜浮岛似的漂在碗里。梁梦真分好碗筷，又端上两碟冷菜：酱香豆腐干，肉冻。我迫不及待地盛了一碗面，吃到嘴里才意识到，出于礼貌也得夸一夸梁梦真。于是我说，你做的面太好吃了，我天天吃都乐意。在当时的情况下，这也算一句真心话。温热食物里蕴藏着真实，它让整个房间氛围大变，我完全放下了对梁梦真的戒备。就这样，一句又一句天花乱坠的夸奖蹦出来，梁梦真被我逗得抚掌大笑。可惜另外两个冷菜，几乎一筷子都没动。梁梦真见我那么喜欢面食，替我盛了好几碗。她手腕上的佛头轻轻敲着碗的外缘，铃铛般好听。这时，我注意到挂历旁有一个小佛龛。一座如来佛祖的瓷像立在其中，前面摆着缩小版的假水果。我问梁梦真，你们家信佛吗？她当即冷下脸，警惕地看了我一眼，像在查探我问题背后的居心。她说，也不算信，我奶奶从算命的那里买的。我问，手链也是吗？梁梦真说，对，从小戴的，辟邪。可能我那天有些得意忘形，竟不知不觉多迈了一步。我问梁梦真，那你怕吗？她反问我，怕什么？她把每个字都说得很重，像一种发自潜意识的抵抗。说完话以后，她逐渐松弛下来，也许察觉到某种不必要性。于是，仿佛有人已替她擦除了前一句话的余音，她重新回答说，怕啊，我怕的东西太多了。怕死，怕一切都会结束。

我们再度谈起恐惧，是几天后在五佛山上。我早就说过，承南是一座半环山的城市，白江对岸是层叠起伏的峰峦，五佛山是其中最靠近江的一座。据说五佛山上，有一座五佛庙，里面供奉的如来佛祖非常灵验。只是山路险峻，五佛庙并不好找。除了稀少的信众，承南市民只有到了紧要关头，才会上山求庇佑。就在夏日的临近尾声时，我们约好一起去五佛寺烧香。那天白双喜也来了。他变了个人似的，无精打采，眼神不再聚焦，深褐色的虹膜背后似乎一无所有。假如我没记错，那天也是我最后一次见到白双喜。

我们渡过白江，大约下午一点从山脚出发。低处的湿气已被正午拂尽，小小一粒太阳悬在枝梢之间，把因干涸而绿得更深的植物扫亮。八角金盘将每个弯口堵得密不透风，偶尔剩余一些空间，也由不知名的蕨类侵占了去——在山里，无论走到哪儿，都有一种深幽无尽的感觉。起初，我们走得很慢。野生的花草仿佛朝我们挥手，争相叫喊我们的名字。我们不得不停下来，辨认它们，回应扬招。我们还无意中发现，洋甘菊的茎叶和芹菜的几乎一模一样，为此大笑了一场。随着海拔微微上升，灌木愈发硬挺。忽然行至一片平地，豁然开朗，一片高大辽阔的森林出现在面前。雾障缠绕在树木之间，日光退为一种虚幻的表象，肤感顿时冷下来，让人凝神以便在雾中看得更清楚。一路上，白双喜近乎一言不发，这时突然问，我们怎么还没到五佛寺？梁梦真板起脸说，就会扫兴。但我看得出来，梁梦真也开始犹疑，问题像瘟疫似的在我们中间传开。无需多时，我们被迫接受了眼下的事实：我们迷路了。梁梦真不断责怪白双喜，一口咬定是他带错了路。我们本想原路退回，但森林广袤无边，根本找不到来时的方向。我四处乱跑，不过是被捕的蚊蝇在网里冲撞，毫无生机。想到晚上小姨会满城找我，甚至要惊动我母亲，而她们可能永远都不会想到我在这里，我害怕得直发抖。倒是梁梦真格外冷静，我一露怯懦，她就毫不客气地讥笑。我们凭直觉又摸索了半个小时，找到一个幽邃的山洞。白双喜向里面喊了一声，浑厚的回声悠悠传了出来。我们都疲惫不堪，想在山洞里稍作休息。梁梦真让白双喜去捡些树枝烧火。接着，我们两人小心翼翼地钻进了山洞。

我们就是这样谈起恐惧的。山洞顶部有几个小孔，透下微弱光线，但无法改变洞里的黑暗。我缩在石块上，梁梦真忽然说，陈冲，我真想送你一面镜子，照照你害怕的样子。我问，难道你一点都不怕吗？再下去天都要黑了。梁梦真说，黑了还会再亮，有什么大不了的。她那淡然的气势令我肃然起敬，我说，梁梦真，你是我认识最勇敢的女孩子。一阵大笑从她喉咙里爆发出来，如鞭炮，停止的瞬间顿生一股索然。梁梦真说，陈冲，你是个好人。你肯定听说过我的命，不要因此可怜我。我慌乱地开玩笑说，都什么年代了，封建迷信早该破除了，有空多学学马克思主义。梁梦真根本没受玩笑氛围的影响，反而很认真地反驳我说，不，那些都应验了！我不仅知道，而且感受到了它是真的，所有迹象都朝着最坏的方向倾斜，就像暴雨来临前的乌云。命运究竟怎么样作用于一个人身上？除了他本人，其他人都不可能明白的，但是陈冲，我多希望你也能明白，你是我少有的朋友。我还希望，我们长大以后再也不要见面，因为到那时候，我会变成一个更坏的人。我被她唬得愣住了，都快忘记自己正身处险境，把此前的恐惧抛在脑后。我安慰梁梦真说，上次在你家，你说怕死、怕一切都会结束，但我们还那么小呢，还有那么长的未来，现在担忧命运是不是太早了？梁梦真叹了口气，好像我们之间有万丈石崖，无论如何也没法对我讲清楚。梁梦真说，我真羡慕你，我会一直记得你的。

白双喜去了很久，没有回来。我和梁梦真断断续续地聊着天，抵不过困意，不多时便睡了过去。待梁梦真叫醒我时，天已经黑了。她说她找到五佛庙了，天光一暗，灯烛的方向就很好分辨。我站起来，脑中一阵晕眩，像发烧至巅峰后手脚无力。白双喜先下山了，所以只剩我们两个。我跟着她走到五佛庙前，寺庙早已关门，徒留一丝丝焚香的气味四面缭绕。我们顺着一条寻常的路下坡。得到某种安全的示意后，我不再恐慌，倒有一种大势已去的虚脱感。我记得回家的路仍然很长，我只顾埋头走，一句话都说不出。

后来我才知道，白双喜那天并没有回去。第二、第三天，仍然不见踪影。没人知道他去了哪里，也没有线索与痕迹。他的父母去梁梦真家里寻事，闹得满城风雨，但梁梦真又怎么会知道白双喜的去向呢？而我自从下山以来，每日昏聩不已，如经过一场大病。没过几天，母亲就把我接了回去。

承南的咖啡馆完全不值得恭维。譬如我们约见的这间，皮革沙发搭配松木方桌，沙发上随机摆放各种玩偶。世界名画的复制品挂了满室，每一面墙都无法幸免——那些追逐情调的意图，暴露的总是庸俗。最让人难以接受的是，店家供应的竟是速溶咖啡。

我们到店时，梁梦真的表姐已经来了。店里客人稀少，我们一眼就望见了那个女人。她长卷发，穿一身黑。凑近才看清，她化了很浓的妆，眼皮涂成玫红色，好像刚被烫伤。两天前，丁红才经朋友引荐见到她，但两人亲热的模样仿佛已认识了十年。丁红称她为"姚姐姐"，向她介绍我的身份和来意。姚姐姐狐疑地打量我，好像我是一张会让她陷入僵局的麻将牌。姚姐姐说，你是她哪个男朋友吧？现在什么人还会来打听梁梦真。我说，不是，我是她很久以前的朋友。姚姐姐说，她失踪都好几年了。

丁红把窗户推出一条缝，给我们三个点上烟。丁红说，你有什么事快问，梁梦真发疯以后就住在姚姐姐家，全凭姐姐照顾。姚姐姐摆手，却面露得意地说，那怎么办，我是她唯一的亲人了，总不能丢下不管。我不知从何说起，就从包里拿出诗集。正想问姚姐姐是否见过，她先惊呼了起来，原来是你。这本诗集是我给你寄的，当时好几个地址都退回来了，好不容易才打听到你的单位。我也有些意外，问她，梁梦真在信里说，她要去一个很远的地方，所以才把诗集给我保管，她到底去了哪里？姚姐姐一撇嘴，这就说来话长了。在等我们的过程中，姚姐姐把咖啡喝得所剩无几。我替她点第二杯，另外配上薯条、炸鸡。我似乎又回到四年前刚收到诗集的瞬间，心绪不宁，预感到眼前有一场漫长而艰难的跋涉。

　　姚姐姐说，你知道梁梦真的，乍看上去很文静，多接触就知道她嘴里没一句真话。我以前只是觉得她性格诡谲，出事后才明白，其实这些特征都是病理性的。我和她本来没什么联系，直到五年前，她疯癫的情况更加严重，不得不把她接到家里。你没见到她那时多可怜，额头上撞得全是淤青，问她事情也说不清，只是一再重复她老公抛弃她走了。我陪她治病，好几个月都毫无起色。刚好碰上劳动节休假，就想带她去五佛寺住几天，也许寺庙里的灵气对她有帮助。结果，这一趟就更糟糕了。你去过五佛寺吗？一进门要经过几堂罗汉、菩萨，到最里面一间如来殿，坐镇的是一座三层楼高的如来佛像，八方威仪，玉面堂皇。为了平日里维护清洁，沿墙造了三层环形上升的楼梯，不过香客是不能上的。我们下午入寺，先去拜了如来。我也不知道哪里不对劲，梁梦真一到大殿里，就哭得停不下来。我连忙把她拉回客房休息，陪她到情绪稳定。晚上一起吃了斋菜，各自回房间。睡到半夜，庙里的师傅突然来敲门。我从床上起来时，就有一种不祥的预感，出去时大概脸色都变了。我和那个师傅跑到如来殿，殿堂里一派热闹。我们挤进围观的人群，只见梁梦真正在楼梯最高的地方。她不知从哪里弄来一把特别大的锯子，拼命往佛头那边伸。两个年轻的和尚围着她，抢夺之间，佛像上的积灰从空中洋洋洒洒地飘落。我大声叫她的名字，她不理我，嘴里叨念着一种没人听得懂的话……

我听得惊心动魄，丁红也不禁深吸一口气。丁红说，那得是彻底疯了吧。姚姐姐说，对，后来她好一些的时候说，她太害怕了，想把佛头锯下来带回家。一片静默过后，我问姚姐姐，那她失踪又是怎么回事？姚姐姐长叹一声，继续说了下去：从寺庙里回来以后，梁梦真的病每况愈下，基本要靠镇定剂才能维稳。她整天躺着，昏睡，我还特意请了个阿姨照顾她。有一天早上，她忽然从床上坐了起来。那也不是什么特别的日子，非要说古怪，就是那天窗口聚集着一群鸟，叽叽喳喳叫个不停。我刚要去上班，见她起来，吓了一跳。我说，你怎么了？她腼腆地笑着说，我想出去买汽水。我说，你不要去了，外面危险，等会儿让阿姨帮你去买。她说，没关系的，我已经好了。你们知道这种精神疾病的，好好坏坏，有时候真的看起来和痊愈了一样。我想偶尔让她运动一下也没坏处，就给了她钱，让她去了，结果一去再没回来。讲到这里，姚姐姐猛地拍了我一下说，对了，她最后还说到你。我说，她说我什么？姚姐姐说，也没多重要，就是叮嘱我一定要把诗集寄给你，我让她放心，前几天寄出去了，就是……姚姐姐欲言又止，目光垂落在洁白的咖啡碟子上。我追问，就是什么？姚姐姐说，其实我觉得，梁梦真已经死了，她那次出门就是想寻死。

　　死亡永远是一个雷霆万钧的词语。当它盘旋在对话现场，所有语言的火焰都被扑得很低。咖啡馆里静阒无声，像演出落幕后的观众席。姚姐姐拭去微少的眼泪，重新调整好状态。她转向我说，我也想问问你，那本诗集到底写了什么，为什么梁梦真把它看得那么重要？姚姐姐这样一问，我下意识地把诗集往怀里收。稍觉失态，才假装翻开了看。我说，就是一些诗歌作品。因为写得不错，所以我想还给她，让她自己收藏。既然她不在了，还是由我保留吧。

　　我和丁红辞别姚姐姐，时间还不算太晚。雾青色的空中薄云舒卷，像一面由风吹动的柔缎。我和丁红走在回旅馆的路上，没走多远，她问我，你为什么不把诗集还给姚姐姐？我说，我想留作纪念。丁红伸出一根手指，笑着点我说，你不仅不还给她，还对她说谎，肯定有问题。我反驳说，我哪里说谎了？丁红沉吟半晌，直到晚霞也从西边慢慢嵌上天空。她蓦地抛出一句，我知道这本诗集里写了什么。我跟着笑了，那你说说看。丁红回答说，是真相。我一时哑然。

丁红说，有一件事情忘记告诉你了。两年前，五佛山上挖出了一具男尸。由于尸体腐烂得透彻，查不出什么东西，也确定不了死者身份。唯一可以确定的是已死去多年，死后尸体还遭人破坏过。这让我想起另一件事，以前有个男孩总和你们在一起，后来他在五佛山走失，不知道去了哪里。我总觉得，这两件事情是有关的，就是没什么证据。至于梁梦真，你也不用找了，你就把这个人忘了吧。

我点点头，心里揣度着命运究竟以何种步伐攻陷一具肉身，人又是何其脆弱。这一趟回承南，就当作对过去的一种告别。

这件事情的后续，只有老张知道，他相不相信又是另一回事。

我从承南回到北京，第二天就和老张约在一家常去的酒馆。他很痴迷那家店的醋溜花生，每回都能点上三碗。我先听他说了一些杂志社的八卦，小吴结了婚，但改不掉请人吃樱桃的旧习惯。如今坐在我工位的,是一个毕业不久的大学生;因为经常熬夜看球,小小年纪就有点秃头。最让人生气的是,前几天开了总结会议,从明年起,稿费开支被削减了百分之三十。老张拍着桌子说,文学越来越不景气,强弩之末,接下去不知道该怎么办。

老张絮絮叨叨说了半天,才想起问我承南的事。我把前后经历大致复述了一遍,他听得津津有味,说写成小说应该很有意思。

喝过三巡,我终于鼓足勇气开口。我说,老张,其实后来我见到梁梦真了。老张眯起眼,饶有兴致地问,哦,你们怎么见的?我说,这件事情说出来,你可能不信,老实说我自己也感觉不像真的。老张说,你这个小伙子最大的毛病就是忸怩,你先说嘛。

于是,我慢慢说起在承南最后一夜发生的事情。那天,丁红本想和我一起去江边,走了几步觉得冷,旋即打消了念头。我一个人沿着白江走,不知不觉,已过晚上十二点。就在我走近从前玩荡的江边公园时,忽然望见一个女人的身影。我们明明相距很远,脸都看不清,我却已对她感到十分熟悉。渐渐地,我看出她正低着头,百无聊赖地转一支钢笔的盖子,磁铁发出轻微的咔嗒声。我猛然意识到,这人是梁梦真。就在这时,她也抬头叫了我的名字。她说,陈冲,你怎么胖了!我被她的招呼噎得笑了,反问道,我才要问你呢，你怎么在这里。她嗔怪说，哎呀，不是你到处找我吗？

停停停，老张说，你这就有点离谱了。我说，我还没讲完呢，才刚开始。老张说，我可是当真事在听，你要是喝多了想即兴发挥一段，至少知会我一声。我伸直手掌，几乎快赌咒发誓了。我说，老张，我拿我的专栏信誉担保，下面我说的一切都是真的。老张勉强地扬了扬手，示意我继续，脸上仍清晰显示着"不信"。

我和梁梦真见得并不久，最长也不超过半小时。我从未想象过她长大后的模样，娇艳、轻盈，和她说话时我甚至脸红了。我说，我有好多问题想问你，真的见面了，却不知怎么开口。梁梦真一脸嬉笑地说，那我先问你吧，你为什么想把诗集还给我？这时，我们沿着白江走了起来。明月恍如一面古代铜镜，与水上照影相映成双。我说，谢谢你信任我，但这本诗集里有太多你的秘密，它终究是属于你的。梁梦真若有所思地说，啊，你是想问我，这些事情是不是真的？我说，对。当年在山洞里，我就隐隐感到了。你相信命运，但是你不服气。所以你要在他们真的抛弃你之前，把他们一一摧毁。你以为，这样命运就逆转了，你掌握了选择权。可实际上，真正承受伤害的还是你自己，你的复仇不过让命运变得更加不可抗拒。梁梦真认真地听我说完，神色竟无所改变。她轻轻一笑说，陈冲，我果然没看错你。不过这些事情都过去了，我已经重新开始生活，你知道我现在在做什么吗？趁着梁梦真直视前路，我转头凝视她的侧脸。我问，做什么？梁梦真说，羽人。我说，好像听说过，是不是还会飞？梁梦真点了点头，又笑起来。衬着江水，她的睫毛显得很湿润，裸露的牙齿也晶莹剔透。她接着说，这是一份很古老的工作，尧舜时期就有了。大概职责就是，从人世间选一些好人的灵魂，送到天上去。不瞒你说，我前夫就是我送上去的。你也是好人，等你未来死了之后，我们一定有机会再见面。

老张又听不下去了，所幸我讲到这里，差不多也可以收尾。老张说，我真没想到，最后竟然变成了一个灵异故事，而且莫名其妙有点伤感。我再次强调说，天地良心，这里面一句谎话也没有。老张说，你怎么确定是真的呢，也许你只不过做了一场梦？我说，不是的，我最后把诗集还给她了。老张问，她怎么说？我说，她什么都没说，拿上诗集就走了，不然她上班要迟到的。老张久不言语，闷头喝了一口酒。我说，你还是不相信吗？老张叹了一口气说，小陈，我建议你找一份坐班的工作。整天关在家里，不和人接触，容易胡思乱想。我忍不住笑了，我说，哪有，我经常出去的，你不要把作家妖魔化。老张说，我就出于编辑立场给你一点建议吧，你这个故事还不错，但假如要写成小说，千万别把羽人那部分写出来。那根本不成立，不然要被读者笑话的。我最后一次说，老张，那都是千真万确的。老张摆手说，对对，我不跟你争这个。总之，你要保重身体，这顿我来埋单。

我和老张喝到夜深。坐电梯下楼时，我不由得说，人生中很多事情，说出来也没人信，我现在算是明白了。老张意味深长地一笑说，本来就是这样嘛。我们再三握手，终于在已然清寂的街头，分道走了。

暗 室

当我的光曝在你身上，

重逢就是一间暗室。

——毕赣

上篇/阳面　谷旦

　　一路上，火车经停绍兴、杭州、桐乡。车一停下来，他就下去抽烟。同车有几个不曾交谈过的烟友，默契地凑在一起。远望过去，猩红弱火迎风夤张，就像从山顶回望城市时妩媚的灯火。黄昏蜻蜓点水略过，火车以280公里的时速穿行在黑暗中，一张张疲惫的脸投影于车窗。后排时有幼童哭泣，又传来女人轻柔的小调，变作一支催幼童入梦的药剂。只是那孩子反反复复醒来，恍然大悟似的，继续以嘶厉的哭声吸引他的注意力。幸好宁波到上海并不远，车程刚好两个小时而已。

我们列出的候选餐馆里,他首先回绝了京式火锅与泰国菜,对剩下的也兴味索然。后来,他自己提议涮一个潮汕火锅,我们当然应允。母亲挂了电话,不觉好笑。他的妻女及人生的前三十年全落在宁波,因工作外派到广州,难得这次请假回来,想吃的却还是广东菜系。

我们在家附近一家潮汕火锅店等他,父亲百无聊赖,吃完一碟醋泡花生。母亲来回翻菜单,不时自言自语,应当点些什么菜。忽然转头问我,这家店还是打八折吧?我抢过菜单,指着首页上的字说,清清楚楚写着,等会儿人家来了,你千万不要计较钱的问题。母亲瞪了我一眼,意思是这不用我提醒。接着,她端起老花镜,仔细地打量"全场八折,酒水饮料除外"那行字。

到达站是位于市区的上海站,距离我家附近大约二十分钟车程。他打上出租车,摸了过来,一切顺当,但抵达火锅店也已七点。母亲站了起来,下意识张开双手。母亲叫道,明森。声音有些过响,柜台前算账的女人抬头看了我们一眼。他展颜嬉笑,更快地往我们这桌跑,这时我和父亲也跟着站了起来。

我们在客套间点完菜,他问父亲能不能喝酒。父亲向来酒精过敏,稍微喝几口酒,一种瘆人的紫红色素就会从他全身皮肤里晕开。人的身体构造精密,缺一种酶都会饱受困扰。父亲摇摇头，嘴里却说，就喝一小杯。他兴冲冲地把"江小白"打上钩。

明森是母亲这边的亲戚，他们这一辈，女孩名字里都带"敏"，男孩名字里则是"明"。明森比母亲小十二岁，与我母亲的关系为堂姐弟。抗日战争时，外公与弟妹分别，独自从宁波往上海逃难。花了十多年把生活扯得平稳，想将弟妹一并接来上海，却遭明森父亲的拒绝。他们之间毫无仇怨，阴翳从未在我们家族滋生，他只是畏惧改变，宁可在宁波当一个黄包车车夫。他们分别顺流而下，结婚，生一些孩子，临晚境终究享受到衣食充裕。母亲和宁波的亲戚往来不多，一年通常见两回面，除非任何一方家中发生大事，另一方慷慨赶来帮忙。这是明森今年第四次来上海。

"多喝一点，回家好直接睡去。"母亲给明森倒酒，笨拙地往外洒掉一些，明森连忙自己接过酒瓶。

"明天几点起床？"

"你们六点半，我四点就起，烧几个菜带过去。烧的时候有什么忌讳的吗……"

母亲从后半句开始语调颤乱，不久就娴熟地哽咽起来。

所有哀戚与落泪都归属于我的舅舅明磊。今年三月的一个夜晚，母亲长期黯然的手机铃声突然鸣响。电话另一头传来舅妈小冷破碎的言辞，剧烈的抽泣掩盖了许多信息。

慌乱之际，母亲反复讲两句话，"你先不要哭。""救护车来了吗？"没过多久，电话以一种含混不清的方式挂断，我们最终也不知发生了什么，但黑色的雾织出令人窒息的网，母亲大口喘息。

时针把午夜一点甩到身后，我们借着被窝里拖沓的暖意，匆忙穿上衣服。凉风自我们身体滑过，直追赶到出租车车门口。我们缩进车里，我坐前排，眼看车窗外夜色泛滥成一条橙色江流。高架替代了平地，我们在一个个交错的弧形中打转，而夜轻轻摇晃。母亲设想了一切可能性，包括舅舅的死。我难以忍耐，便带点凶狠地扭头喝止。你不要乱说，一个人怎么可能死得这么轻易，都要经历多次病危才肯死的。母亲冷了片刻，很快再度陷入伴有哭腔的喋喋不休。实际上，我们对死亡多少抱有侥幸的疑虑，但最坏的事仍然发生了。

明磊弃世时刚逾五十，墓地也未筹办。我们租了殡仪馆的骨灰寄存处，小小一格，延下大半年时间。十一月廿二甲午日，宜破屋坏垣，宜祭祀，就选定这日子，让明磊入土为安。

"不用，不用。"明森连连说，一边伸手把烫好的牛肉夹给母亲。

宁波的亲戚信奉传统，婚丧大事的规矩往往咨询他们。顺应规矩，让人们做事心安理得。明森既然确认没有禁忌，母亲也放下了心。

"我买了泸州老窖,五十二度泸小二,还挺贵的。"母亲说。

"你买的什么价?"

"二十八。"

"哈哈,贵了,十几块差不多。"

"但老板说是正宗的,也是难得,给他喝好一点。"

"还要准备三双一次性筷子,香、蜡烛、糕点,到时候一起摆上去。其他嘛,烧来结缘的黄纸买了吗?"

"该有的都有。"母亲突然头往前凑,如捂着什么秘密似的说,"他们那边不信这些,明磊的斋七都不肯给我做。这趟我不敢多管,免得他们说闲话。我人老实你是知道的,这么多年辛苦过来,总是吃力不讨好。"

明森点点头,捏起酒杯敬我的父亲。父亲四十出头才生下我,如今垂垂老矣,行动常常慢一拍,膝盖里的齿轮也日渐生锈,走两步就停下叹息。父亲稍微迟疑才接应过来,浅浅嘬一小口高粱酒。

母亲逐一问起宁波亲戚的状况。与她同辈的两个姐妹,一个执拗不愿退休,另一个早在麻将桌上消磨了斗志。明森点了一支又一支烟,红熠熠的烟头贴着他侧脸灼烧。我的父亲也不客气,趁机陪抽了几支。灰蓝色的烟雾掺混鼻息四溢,再沿着某道隐晦的边界淡出。母亲不时后仰,微皱眉头，但其他人对她视而不见，母亲也没多说什么。

话题又滚向明森自己的家庭。他的妻子小绿辞职已久，在家里养得白胖如粉团。女儿明年毕业，对口去轨道交通公司开地铁。女孩羞涩，极少与我们这些远来的亲戚为伍。很多年前，我透过半开的门和她打过招呼。当时她还念着小学，梳一束复杂的麻花辫，双眼圆润而空洞，说话之间，兔牙从唇下悠悠探出。因为久未谋面，我对她的印象不能随时间流逝而迁延。他们谈论那女孩时，我总以为在讲另一个人。

"地铁公司是国企，以后工作稳定。"我父亲说。

"是央企。"明森眉开眼笑。

"蛮好，早点结婚。接下去顺顺利利，别的还求什么呢？"

他们噤声，不约而同地望向我，或许我的年龄使婚姻成了一个敏感词。明森忽然叫我，我只好把眼睛从手机上移开。我朝明森笑笑，长时间锁定手机屏幕，双眼因干涩而眨了两下，但从天而降的沉默并未因此拆解。

他们又点着更多烟头，我把剩下的肉分批倒入锅里。吊龙、嫩肉、肥胼各余一些，没人动筷子，肉在沸腾的热雾里很快煮老了。

一个几近兴尽的时刻，明森一口喝干残留的酒，摇摇晃晃站起来。趁我去柜台前结账，母亲从调料台下的抽屉里偷拿了三双一次性筷子。

走出火锅店,墨黑的天空中酝酿起了小雨。雨迹本身细微,那股湿寒却藏进了往来的夜风之中,我们脸上被刺出朵朵寒噤。冬至后的第二周,气候已逐渐趋向残暴。为了照顾父亲抱恙的腿脚,我们走得很慢。后来于便利店前兵分两路,明森先跟父亲回家,我和母亲则去看看是否有什么需要补齐的东西。我俩在窄小的便利店中转了两圈,母亲深知自己准备周全,可还是怕落下什么。

我们回到家,看见明森和我父亲坐在窄桌前抽烟。房间里皱起几团雾霾,宛如有人往某个冬日清晨素白的天光下大口哈过气。我们本以为明森已经睡了,宁波亲戚休眠很早。有一年外公去世,我们送他去宁波办理入葬,住明森父母家。晚饭后,宁波人洗冷水澡,七点就纷纷睡去。我也被迫入睡,一觉醒来望见天泛着丝丝淡红,以为黎明已来,看钟知道才十一点多。我悄悄从阁楼的楼梯爬下,闻到日夜盘桓房中的中药气味。楼下寂静一片,万物的棱角大多被黑暗吞噬。窗牖裂开一条缝,明磊一个人站在那里抽烟,如蓄势的龙轻轻吹着面前的红色明珠。那时距离他离世,大概还有十年时间。

因家中没有多余的卧室,明森与父亲同住,母亲则流落到我的小房间。

我先回房间，母亲与他们周旋闲聊，客厅传来抑扬不平的一串话音。晚些时候，母亲进我房间，眼眶湿红，抽搭还没彻底咽下。明磊死后她常这样，她热衷同熟人谈论明磊，讲到最后不免以眼泪告终。我多次冷淡待之，以为这是她消费哀伤，来获得一种反常的满足。母亲便说，你真没良心。

母亲躺下不久，房间里拧起一股呼噜声。我不甘心早睡，留一盏台灯荧亮，插耳机在电脑里看电影。屏幕里放库布里克的《大开眼界》。一对夫妻正梳妆打扮前往舞会，开头由男女琐碎的对白构成。我把这片段重看几遍，脑中仍旧空落落一片，抓不住他们对话的维度。我心思落在别处，却说不出具体哪里。就在音乐网站上搜了一首随意想到的老歌，罗大佑的《火车》：

　　想欲予阮出外的人，飞向一个繁华世界。
　　一站一站过过停停，男儿的天外天。

一九九三年，明磊与父母住在大东门一个旧街区里。秋日蹒跚莅临，银杏、油杉、金银忍冬纷纷凋敝，叶与果缘风落下，像为节庆剪碎的彩色纸片。有一日明磊下班回来，呆呆坐在缝纫机前的座椅上。我母亲恰好回娘家，问他怎么回事。明磊说，我可能要去法国读书。母亲笑了，伸出一只手放在他额头上。母亲说，你要么是发烧了。

明磊出生在一个普通工薪家庭，节俭使整个家显得比实际情况更拮据，举家只在新闻里见过国外。明磊自复旦大学毕业以后，被分配到上海计生委工作。有一年法国外交部部长的夫人来上海，单位因明磊精晓英语派其做翻译，便在此席间得到了夫人的赏识与留学承诺。尽管如此，家人们选择不将此事视为现实，他们奚落、打趣明磊。这样的话，万一到最后这场梦以泡沫收场，也不会有人过于失落。

一年以后，我们在浦东机场送别明磊。

明磊此行硕博连读，最少也需要七年时间。我的外婆从三十九岁起遭受种种手术折磨，许多张病危通知洗淡了她对生命的信任。人生难得是欢聚，唯有别离多。我的外婆在机场痛哭不止，不知道是否还会有下次见面。其余人陪同落泪，但没有人将此话说破。人们默默达成共识，只要不将不吉利的事说出口，它发生的概率就会变低。

明磊临走前新买一本法汉词典，翻了几天法语依旧一窍不通。过境与工作人员交流，磕磕绊绊。两年后经过同一个柜台，一口法语已熟练如母语。那是明磊首次回国，肥硕的拉杆箱里装着每个亲戚的礼物。母亲分到三支口红的套装，我欢快地从他手中抢过一个装满可乐味棒棒糖的大罐头。往后的好些年里，我将这个罐头用于各种零食储存。它丢失于一次搬家，当我成年后偶尔忆及这个罐头，恍然明白，明磊当年愿意在行李箱里装这样一个无用又占地方的东西，是凭着怎样一种心情。

明磊有一间自己独立的房间，他不在时，我很乐意鸠占鹊巢。那时我还没念书，搜寻明磊房间的秘密是我每日的游戏。我从松木柜的内屉中翻出几沓门票，花花绿绿，网罗全国各地的景点。一张黑白照片，摄于城隍庙九曲桥的一处景色，明磊与另一个年轻男孩松垮地立在中央。照片背后有一行手写的字，"桥都坚固，隧道都光明"。右下角标着他们大学毕业那一年的年份，1988年。

还有一盒盒磁带，罗大佑的《首都》《未来的主人翁》，刘文正与山口百惠。我在读小学前自学了拼音，一边播放歌词为粤语的《皇后大道东》，一边用拼音一笔一画把古怪的发音标注在小本子里。

那时电话未普及，外婆牵着我去明磊以前的单位打国际长途。外婆问明磊，法国好玩吗？读书辛苦吗？奖学金够用吗？还问过一次，巴黎有什么超市？回头便转述给我的母亲，巴黎的超市叫"家乐福"，还有"巴黎春天"。几年以后，"巴黎春天"进驻中国，却不是一个超市，而是百货商店。通信也是可行的。我母亲闲来给明磊写过不少信，或者写尽又觉羞赧，或者懒得跑邮局，最后唯一寄出去的一封是关于太奶奶的死讯。

如今回溯，七年时光绵密紧促，仅够等一尾鲤鱼跃潭后的水花平息。明磊怕给父母造成经济负担，毕业典礼也未告诉父母，那位赏识他的法国夫人代表家长出席。当天拍的所有照片，他都装在一个牛皮纸信封里带回来，我们小心翼翼地传看。相比一九九三年，回国后的明磊完全变了样，他的头顶空空荡荡，仅剩几根怯弱的绒毛迎风虚晃。母亲调侃说，一根头发换一篇论文，读完博士回来，头发也都掉光了。

明磊入葬前一夜，我无意间把《火车》循环了许多遍。

半夜，母亲把头朝光亮之处偏转。迷糊之际，问了一句，几点了，你怎么还没睡？没等我开口回答，鼾声再度从她鼻翼中响起。

人声濡湿了一个单薄的清晨。夜里开过的暖气已被稀释，残留下微红的脸颊。融热消失，如一个珊瑚蛇般的衰夏抽卷起尾巴，随即皮壳剥落，淡淡烟火味腾出。两三米外的窗户上，浓密的细水珠铺平一面。

我醒过来，听门外的动静，知道他们都来了。

母亲拧开门，稍作停顿又走进来。原以为母亲是来催我起床，就没给好脸色看。结果她只是从裤兜里掏出五百元，放在桌上。母亲曾百般叮嘱我，入葬回来后请所有人吃一顿午餐，到时由我来点菜付钱。为此，昨晚母亲已经给过我一千五百元经费。这回母亲补充说,一千五会不会不够?两千吧,吃好一点,你看情况用。

梳洗完毕,到客厅中寻一个自己的位置,我就成了他们中的一员。随行送葬的总共九人,除了昨日潮汕火锅桌上的四人,还有我外公的妹妹夫妇,因我出生时没有爷爷奶奶,便以此称呼他们。他们的女儿姚烨,一九九四年,她从单位里借了一辆面包车,把如坠烟海的我们运往浦东机场。今年年初,她送明磊进另一辆全封闭木车,车门临合前,她伸手进去,将白色大丽花从明磊耳垂上拂落。

母亲的右手五指紧扣她的手机,不时按亮屏幕,查看有什么新鲜动静。七点一刻,小冷的电话终于来了。她在开车,话筒收纳了车中的一切声息:她弟弟偶然的咳嗽,字正腔圆的导航声,还有许多细微而讲不出由来的声音。小冷说,他们刚过虹口公园,十分钟就到楼下,别着急。

我们匆匆拾起摆在一边的马夹袋,几乎人手两个。人均大量的负重,使这入葬仪式显得排场隆重,我们好似一家送明磊下地的搬家公司。母亲硬从我手中扯过我的份额,下巴上扬,夸张地向桌子上努嘴。

"你拿小笼,下去给羊吃,等会儿她要饿的。"

"她不会吃。"我说,但仍然遵循了她的指令。小笼装在一个一次性保鲜袋里,本就皮厚无汤,冷却后更加不堪一啖。

灰色奔驰以一种落幕式的缓慢驶进小区,母亲怕遇到询问去向的好奇邻居,极快钻进了后座。车开起来,姚烨驾驶的另一辆紧随我们。明磊的骨灰位于副驾驶,同座是小冷的弟弟小松,凭膝盖和双手固定它的位置。我坐在后排最靠右,骨灰盒落入我的盲点。即便如此,一阵入微的恐惧仍在我体内张牙舞爪,骨灰盒仿佛一架监视器,我们的一举一动都为某个神秘的视角提供了评判素材。母亲与小冷寒暄,动用女性应对一些特殊场合独有的伎俩与宽柔。她们嘈嘈切切谈了一阵,最后俨然一段烧到尽头的风烛,幽隐下来。母亲叹息道,空调开着吗?今天真冷,冻得琴琴抖,才十二月啊。小冷探了一下出风口,又滑开收音机,将音量调轻一些。广播里的男中音掺杂进来,用尽量生动的方式讲述交通路况。熬过那一段,一首粤语歌衔接上来,Thanks, thanks, thanks, thanks, Monica,像走完一层略有崎岖却终归向上的台阶。我慢慢松下一口气。

后座中央的地板有一块隆起,母亲叉开双脚,腿脚发麻时就嘶嘶吸气。她左边坐着明磊的女儿。女孩比我小一圈生肖,我们的命运共同缠绕于黄历上的未羊。小冷接过明磊死亡证明书的那个早春,初三尾声的羊正武装在题海甲胄之中,以备战中考。当初,小松严禁母亲为明磊做七,一部分原因也怕影响羊的情绪。

羊是那一类令母亲费解的女孩,母亲擅长哀哭,羊对此总冷面回应。有时母亲问她家常,她也装聋作哑。母亲曾悄悄问我,葬礼上羊哭了吗?又试图自圆其说,她心里还是难过的。我想到她那么坚强,夜里心酸得睡不着——只是羊从未领母亲的情。

其实明磊离世的那一日,天上洒落一些极其细碎的物体。我和羊拢在她房间的飘窗前,膝盖下铺一条翠绿的绒毯。暖气将玻璃表面刨出磨砂,楼底路灯撑杆而立,光在煳焦后愈发充胀,一座座如迷雾中回天乏术的灯塔。羊双手攀上不锈钢窗框,啊,下雪了。我擦去窗上的雾,说,真奇怪,我们来的时候还没下。可能是一种好看的雨,像一缕缕银箔。羊说,我小时候一直以为,世界末日是从天上下鞭炮开始的,噼里啪啦,吓死人了。我说,你现在也还小呢。

明磊的尸体和我们仅一门之隔,绻绻余温不肯散去。门外,母亲不顾一切哭嚎起来,她像旷野中一列失去方向的火车,凭撕心裂肺的长鸣来寻求自我确认。长轨上火星狂迸,炙烧着古锈、绿斑、碾碎的动物尸血,凝成一根尖细的铁棍硬生生刺破我们的耳膜。我和羊都染上尴尬,倒是她先打圆场。羊说,情绪化,我爸也这样。我忙说,不不,他们完全不一样,你爸聪明得多。

我这么讲不过是陈述事实,我怕羊在心里把明磊与我母亲归类,怕母亲粗拙的行事牵连明磊。小冷的家庭背景本就与明磊相差悬殊，小冷的外公是解放后某一任广播电台台长，尽管眼前一条鲜明的下坡路，到了小冷这一代，周围朋友仍都是体面人家。对于这样的家庭而言，明磊的博士学位微不足道，甚至他每获得一些超额的成就，都是对他出身的一次提醒。我下意识急于为明磊辩护，也是出于相似的原因，我希望明磊获得一个尽可能公正的评价，但这样的境况反而令我伤感。

我从飘窗里跳下来，去包里翻我随身带的ipad。我提议说，我们看点动画片吧。

我们并排躺到羊的小床上，打开当时流行的一部科幻动画片。我的双耳调频不稳，有时集中于人物天马行空的对话，有时却被客厅里盘旋的呜咽扯走。我们的注意力如此涣散，看第二集时，羊忍不住拿出手机。她把明磊去世的消息散播给一些朋友，午夜两点多，只有一两个聊天框有所回应。我避免关注羊的反应，假如她哭了，或许也不愿意被我看到。只有动画中的人物不为任何事分心，他们火力推进手头的实验，不多时，就因实验失败把全人类变成了柯南伯格式的怪物。灾难具有矢量性，闯祸的那一对祖孙再也回不到往日。于是，祖父在平行时空中挑选了一个安然无恙的世界，他们设法杀掉那边的自己，再从荧光绿的传送洞里爬出来，将自己的尸体埋进草坪。他们重置了自我，祖父如八面玲珑的明矾迅速溶于新世界之池，但困惑却长久占据着外孙的脸。外孙从一个个家人身边走过，没人注意到他，只是一个寻常的下午，可世界已经变得全然不同，有什么东西暗自破碎了。

周围漆黑一片，几个显示屏是房间内所有的光源。我仿佛在一个幽邃的洞穴里，是对人生局限的无望，风蚀了好多世纪以来人类累积的意义，我重新变为二十万年前的尼安德特人。那时所有事物货真价实，漫天浮着银光流溢的星星。

我和羊各自睡了一会儿，眼泪滑进枕头，而天空很快被阳光撕开。

趁遗体交送殡葬公司之前，母亲打电话一一通知明磊的密友，有一些赶上了遗体送别。明磊有太多朋友，倒满生米的插香缸换了一次又一次。

海港陵园临近滴水湖，开车过去一个半小时。由于陵园贴近水源，风肆无忌惮地弄权，往去送葬的人，发线多被翻得紊乱如流。一进门就是陵园总办公厅，柔光从高空灯管里洒下，奶黄的瓷砖殷勤承接住行者的倒影。几张大桌子立起供人休坐，长厅尽头摆了自助饮料机，咖啡、奶茶、大麦茶，另一侧则塞满书籍。工作人员往来巡回，仰仗制服促成一些秩序感，倒像一个酒店的大堂。

我们把锡箔透开，装进事先写好寄件人的红袋里。等小冷手续办完，母亲撑一把黑色巨伞，罩住明磊的骨灰往墓地走去。父亲走得慢，我陪他在最后，听他一路边走边发出疼痛的呻吟。虽则是黄历上的好日子，整座陵园里只有我们寥寥几人。

明磊的墓碑很小，墓碑正前仅供一人站立。黑黢黢的装坟工人已就位，轻巧地撬开墓前遮盖的大理石。母亲把明磊的骨灰递给他，骨灰脱盒时，有一两把散在他们鞋面。稍稍摆正，盖石并铲以水泥，明磊新居便算安定下来。工人站起来，一路反手敲着腰走了，我这才注意到，他的鸭舌帽下头发雪白一片。

"明磊，阿姑给你擦脸了——"奶奶攥一根白色毛巾，仔细拭着新坟。

"弟弟，弟弟哎——"母亲也跟着叫唤。明磊活着的时候，他们从来只互相叫对方的名字。

墓前甬道极窄，我们不得不往四周站。火蝶从铁桶里飞出来，明森用一根树枝翻着烧物，以便灼烧均匀。我打量周围，尽是新坟，多立于二〇一八年的冬至。一块块黑色大理石上，那些金边勾勒的名字皆为失去之物，往后仅凭亲友的记忆存在。墓碑阴面，刻各色各样的字，"寿终德望在，身去音容存。""辛劳一生，长眠于此。"我琢磨着多年以后，我该给自己墓碑留下的字：生平琐屑，乏善可陈。

父亲和明森又叼上了烟，大风引诱火浪涨潮，烟燃得特别快,至少有半支祭了墓地的魂灵。铁桶已囤积大半灰烬,还有好多红色的锡箔袋在排队,等待光焰的典礼逐一熔炼。我们躲避顺风向掀开的尘网,暗中祈愿火永远烧下去。

"这个地方蛮正规的,但是其他人坟都买在宁波,明磊一个人孤零零的。"奶奶绞着布满冻疮的手与我母亲交谈。

"这里好,陵园还是香港上市公司,他们说傅雷也埋在这里。"母亲说。

"总是落叶归根好啊。前几年,明磊问我要宁波的家谱,我说我哪里来,他还想回宁波找呢。"

"阿姑,凭良心讲。"母亲压低了声音,"墓地的事都是小冷决定的,我做不了主。"

"有数,有数。"奶奶一低头,眼中酿起了雾。

我想起好多年前,我的外婆也有过云蒸雾集的目光。那一年,外婆在电视里看到巴黎大罢工的新闻。冷峻的女主持占据了凸透镜的大部分,其背后一块屏幕里正播放驻法记者的实拍。外婆把脸凑近十四寸的彩电,稠密的人流、满地玻璃屑的沿街店铺、似真似幻的火光,城市患上热症,陌生种族以白色暴力拉开狂躁的锡环。苍白瞬间舔舐外婆的面色,如雪消解了身下深褐色的生命。外婆等这段新闻结束,把一到八个频道全部按了一遍,最后干脆关掉了电视机。那是明磊孤身所在的地方啊,外婆感到肺部发凉,可她硬忍着没告诉外公。只是趁他不注意，偷偷拭一把眼中的雾。她很早就躺上床，睁着眼一夜未眠。天还没亮透，她已穿戴齐整，坐在明磊单位前等开门，一个人数完梧桐树卸于秋日晨曦中的黄叶。国际长途打通的时候，那渺茫的雾气化作洪流奔涌而下。

人们对明磊给予太大期望。在我出生前，宁波有一个阿太去"请大仙"。她的亡夫在香烛与咒语间附上神婆的身体，对方熟悉的言谈举止让她对附体一事深信不疑。那位亡夫在解答她的疑问之余，还赠了一些额外信息。鬼魂说，我们远房亲戚里有一个男孩，将来读书特别好，当成就一番事业。这句模棱两可的预言，终究在明磊身上应验。亲戚们每谈起这件事，沾染神秘色彩的现实令他们着迷。

只是到如今，明磊规规矩矩躺在这墓海里，未来事业不再具有任何悬念。临终之前，他在机构工作，从未抱有高升的野心，最喜欢单位食堂的生煎包。他做股票，和寻常人一样迷失于色彩斑斓的折线图。有过与朋友合作经营红酒的念头，进了少量货，最终都用来装饰自己家里的酒柜。明磊去世后，小冷整理遗物，找到满满一抽屉未中奖的彩票。所谓事业究竟是什么呢？一个遥远而充满善意的口彩，一个伴随赌博性质的谎言。

明磊的墓碑前摆了许多东西，塑料做的保险箱、家具、手机，丧葬行业拙劣而异想天开的优化多少惠及一些鬼神的信徒。铁桶还在烧,一副干裂而气势汹汹的橙红口舌。

母亲在一棵矮松后逮住抽烟的父亲,恶狠狠地讲,"你要死了,这几天香烟抽得厉害,一点都不识相。"

"我抽得厉害?我比明森好多了。他抽三根,我才抽一根。"父亲愤愤不平。

"这种事有什么好比的?贼腔。"

我绕过他们,在远处一个凉亭里发现羊。羊竟然独自在遍地墓碑中跑了那么远,我与她同龄时毫无胆量。记得当时去宁波为外公外婆扫墓,沿路的排位撩得我脊骨发凉。宁波的墓地依山而建,我从半山腰的土里掠夺了一朵蒲公英,埋头一路飞奔下山,抬眼只见一支空落落的梗。那时候明磊刚调工作,意气风发,扫墓第二日领我们到象山吃海鲜。他们自然聊到新入土的外公,明磊说,没什么可难过的,他这个人一贯自私。母亲说,妈活着的时候,他还是不错的。明磊冷笑,他以前做过什么,你都不知道。母亲问,你说什么时候的事?明磊说,很久以前。母亲问,你知道什么?母亲又追问,你们两个一直不对头,到底有什么问题?明磊摇摇头,为遏制话题而启用微温的怒意。明磊说,你不要管,什么都不知道的人最开心。

"羊,你冷不冷?"我朝羊走去,她也迎面而来,我们在一座桥上碰头。

"还可以,你看,我有帽子。"羊说。

"我把手套给你吧。"我出门时特意带了一副新手套，米色，厚实如烘焙店端烤盘的专业手套。手套正上方有一个黄色机器人贴牌，腆着露三齿的笑脸。我想把它送给羊。明磊去世后的半年里，母亲为羊买过很多东西，羊都不要。

"不用不用，姐姐你自己戴。"羊回绝了我。

我没勇气再次献殷勤，我知道那样做的下场：在羊眼中与母亲的影子黏连——黏稠，低眼界，毫无自知之明，像一团蠕动在爆浆野莓地里的蚯蚓。此刻，我感到早晨的小笼包梗在口袋里，母亲执意要我给羊吃，可我怎么都问不出口。那种细微的摩擦感，如一支利箭抵在脆弱尊严之上。

"如果你确信一个人对你很重要，那他即便不在了，也没关系的。"我们望了一会儿桥下褶皱四起的水面，我说。

"对。"

"平时生活还习惯吗？"

"虽然这么说有点冷酷，但我爸去世其实对我们家影响不大。他死了以后我才发现，家里事情都是我妈做的，少他一个也没什么困难。他嘛，平时一直在外面吃喝、打麻将，回家的话就进书房，一个人不知道在干嘛。"

羊双手插袋，低头时，暴露睫毛上一粒白色尘屑。羊脸上有明磊相貌的遗迹，最具辨识度的，是那浮世绘武士般的戽斗形下巴。

"那就好。"我应道,并在这片面幽海中探寻真意的分量。

"不过,我爸做饭真的很好吃。"羊说。

"啊,他喜欢'做实验'。"我想起从前和母亲去明磊家,三人份的蛋炒饭,他放了八个蛋,饭碗里好似盛着一座生不逢时的金山。

"我是说正常做饭的时候,他一乱做就失手,我妈总是怪他太放飞自我。"羊笑了起来。

"你妈上次说,你现在交了很多网友?"我问。

"嗯,他们都特好玩。有个南京的女孩春节还会来上海,说要教我滑冰。"

"那你应该请她吃饭的。人都还靠谱吧?"

"还没见过呢。"

"要是零花钱不够,问我要好了。虽然我也穷,包养你还是绰绰有余的。"我尽量开玩笑地和羊说,为她倔强的脾性留下退让空间。

"姐姐你放心,我有很多钱,我都不知道怎么花。"羊说。

他们缠绕过来了,像一把缓慢滚动的玻璃球。来时手中所提之物,已被火焰熔成一桶更为纯粹的形态。绿得深重的高树上,时有黄鸟往我们躯体上吐轻盈的音轨。母亲和奶奶走在最前,与我汇成渊流。

"中饭到梅园村吃,你定过了是吧?"母亲问我。

"嗯,但是要快点,人家两点要打烊的。"我说。

"那抓紧时间,下午明森还赶火车回宁波呢。"母亲说。

"明森啊。他那个……外面的女人,现在怎么样啦?"奶奶悄声问母亲。

"你也知道啦?你是听谁说的?"母亲面孔上绽出一种掩饰着的兴致。

"明磊呀。"奶奶用力一合掌。

后来,距离被他们轻快稔熟的步履吞噬了,我们又簇成一大团。

有人问起我研究生考得怎样。我任由五年工作经验泼入深潭,想辞职读一个全日制的研究生。也不算仓促的决定,犹疑近两年,行动上倒是率先做出了选择。我告诉他们,成绩要到春节以后才出,不过今年应该问题不大——我去年也考过,但终究从筛选滑梯中滑了下来。他们顺口交付我一些鼓励,说我一定没问题。又七嘴八舌说,不管能否去读写作专业,小说还是得写,但不要写得太阴暗。

在回市区的高速公路上,睡意咬住了母亲与羊的眼皮。前排两位也近乎零交谈,那些隐忍的情绪内耗了人们的体力。这一趟回城,我先母亲一步坐进当中起疙瘩的位子。母亲与羊倒向两侧,我则牢固地架在中间的架子上,为颠簸时每一道撞击屏气。车内后视镜塑出我茫然的脸，阳光如蛞蝓蠕动于膝上，那是十二月最后一个晴天。公路保持一贯冷清的秉性，却也说不上凄荒，车道在四轮下方稳定地后移。我忽然明白，四周一派合理的、不痛不痒的面貌，连失去都显得那样自然，实际上深深刺痛了我。

我翻出明磊的微信。他本来也言谈不多，自2018年1月15日，便再也没有更新过。

明磊与我最后一段谈话，发生在前一年的十一月，我第一次考研之前。

这两天，我总是在想一件事。我们家，因遗传之故，是否把考试看得过重了。没有前辈的提携，又极希望这一关怀从天而降，所以把希望都寄托在考试上。想你就要面对的考试，丝毫不要有如临大敌之感。你要追求的是文学梦，而不是一个硕士之类的学位。有这学位当然好，没有这学位，你的成就不会因此差很多，只是路走得不一样而已。假设你一考成功，老师教你的写作技巧不会太多，你要完成的更多还是作品。学位再高，没有作品，几乎无用。不要为了考试而苦恼，其他考生不会在考试上比你强多少。复习是需要的，持平常心看一遍参考书，就行了。

我重读了一遍，往过去好几个月的重读数据中又做一笔加法。

我能明白在那个寒意初凛的夜晚，明磊打下这些字时的感受。那些重复的、严谨的、为追求精炼而删改过的，还有他斟酌多次后仍然留下的语言瑕疵。我从来不会用"文学梦"这样的词语，它多少包含着一种孤芳自赏或滥用信仰，但我从明磊的留言中读到这些字，竟深感怆然。

我曾在灵堂中计量明磊的生命，清算他人生过半、过四分之三的时候都在做什么。他孤身提着大号拉杆箱前往法国那一年，二十七岁，正好在他人生的中线上。那时命运万花筒将一筐玄机抹在他的前路，无知令他多么快乐。

同明磊最后一次见面是今年春节。那时父亲的脚已经有明显的朽蚀痕迹，我们打了出租车，在暖气未铺匀身体前轻轻搓手。冬日天光黯淡，时常没有什么黄昏可言，夜幕倏地嵌入大空。我们约在一家老牌法式餐馆，已经营近百年，母亲与明磊小时候就有所耳闻，但当时从不敢有前来就餐的念头。明磊一家姗姗而来，我们说他肚腩瘦下来一些了，羊也长高了。由于每人胃口相差悬殊，明磊放弃了分餐的形式，而是点许多菜，大家分食。其中有一道葡国鸡，点餐前明磊曾大加夸赞，上菜后，我们只是对着赤浓的咖喱酱举筷不动。母亲一口咬定是明磊推荐的，拼命盯着明磊吃，一次又一次，每隔两三分钟就让明磊吃。母亲那副应对日常事务的咄咄逼人之态浮现，连我都险些让她闭嘴。明磊平时脾气飘逸，即使在聊得开心时也会忽然变脸色，我心中极害怕他发火。然而那天很奇怪，明磊只是默不作声。母亲每催促一次,他就夹一筷子鸡肉。

我们走出餐厅时,天冷得像个冰窖,全世界在大雪的驱逐下全军覆没。寒彻肌骨,路灯的橘色光晕也微微收敛,一眼望去,四周清爽利落。雪势磅礴,一层一层垂降,落在我们看得见、看不见的所有地方,恍如一场漫长的落幕。而世间其他事物皆呈静态,包括风雪之中茫然失措的我们。只是当时天怎么会这样冷?哪怕裹在羊绒围巾与兔毛耳罩中都无济于事。我每次回想起那一晚,总反思自己是否错失了什么征兆,是不是我本可以早些捉住明磊的结局。

下篇/阴面　南山

地平线再次于赛跑中胜过日球,一片夜色淋透陆地。房屋如魔匣,其中有反自然的灯火虚构着白昼。镜子、玻璃、不锈钢勺子,窥伺灯光的降落点,一有机会即捉住光,向内收敛一块敞亮的反射空间。宴席中,许多器皿都在动,二十余岁对于碗筷而言是否算长寿?折叠到它们主人身上成为节俭的烙痕,或是一段相对和谐关系的印证——因为吵架闹到摔瓷片的次数并不多。

一九九九年的十二月还未到来,五星红旗并不急于插回澳门疆土之上，大屏幅的烟花尚是厂里的硫黄。幻灯逆切到十一月中旬，初寒顺利与落杏接轨之时，倒有另一件大事正在发生。一件真正的大事，不是半个世界为之激颤的末日式共情，而是一个人在他生命波峰钉下一座楔碑。那时他志得意满，丝毫不知道自己已站上人生最高处，越过这座山，等待他的唯有下坡路。

那一年炳南六十六岁生日，我和母亲一整天流连在他家中。炳南育有一儿一女，门庭冷落亦免除了他们拼命节衣缩食供养多子的困苦，稍可喘一口气。当时儿子明磊在法国读博未归，往塞纳河丢进一粒粒心事，对家里却从来只报喜。大约明磊知道，这个蹇促的家庭承担不起任何剥削，他所短缺的东西，此处也无法提供。非要伸手摸索，只能触及设立于生活边线上防御性的狼狈。明磊自顾不暇，于是铅雨落到母亲双肩，母亲则从中悟到自证价值的偏方：享受超负荷的苛难。

苦弱的人更偏爱风俗，每一个合规的举止，均为一次朝向某种神秘力量的祈福。口口相传的符咒生效，讲六十六岁生日当天，应由出嫁的女儿亲手切六十六块猪肉，以耗费阎王对肉身的欲望。母亲挽起袖子，洗冲留下的自来水从她两臂蒸发，倒吸温热的体感。砧板是一块丰韧的圆木，无数次抵住菜刀的攻击，一心只等候那最终崩裂时刻的降临，向死而生。存在的意义即忍受，对它的价值评判建立在其承载的痛苦数量上。菜刀起起落落，落往低处，蘸上肉油的刀面如放大镜映射我歪曲的面孔。我八岁，身高刚及刀刃。母亲四十二岁，炳南六十六岁，美珍比他小一岁，我们各自撑起多边形的一个顶点，每前行一步都面临整体性的变化。

这是炳南一生中唯一一次庆生，前六十五年化零为整，连绵的操劳使时间无法被切片。到晚年他才明白，原来记忆的远近和事件发生的先后顺序无关，昨天读过的报纸印象缺缺，却能逐一数清五十年前黄浦江边的栏杆，码头起风了，摘下一片片铜锈，洒入他兜售火柴的篮子——那些日子值得庆祝吗？前途渺茫，岁数空长，生日不过是耻辱加重的证据。所幸六十六岁那一年，他已练就一种双重目光，一方面得以戏谑地看待无常万物，一方面又满怀虔敬，感激人生的每一寸余量。客观说来，女儿另立家庭，儿子因意外机会获得法国留学全额奖学金，接踵而来的好景令岁月宽松。是时候为拥有过的一切进行表彰，在恰到好处的境遇，以凡人的一己之力。

我们四人花了半天演练彩排，然后第一个客人上门，再一组，直到家里整整坐满两桌。公共厨房里升起火，母亲炒菜，钻入油烟。她身上的连衣裙正为这牛嚼牡丹的情形而自哀，烫印的花朵也开得枯了一些。母亲的牡丹园里尽是英烈，她一生都在浪费，很多年后我总算能下这个结论。浪费时间，浪费机遇，浪费已拥有的，浪费爱，与她同代的许多人都是这样，恐惧灌满他们的内心，不懂怎样正视好东西。她也迁责炳南和美珍，他们只教会她在付出时的极端谨慎，却从未教过她如何珍惜。

一九九九年十一月的夜晚，炳南和美珍循环接力着东道主的身份，两桌之间似有一根线，他们如线偶被牵来扯去。炳南端着一碗黄酒，热的，敬来宾，敬往日重叠在一起的无数个自己。老孙，现在享福啦，夕阳红顶顶好，往后要寿比南山。祝词都是雷同的。他们差不多年纪，已经当了大半辈子邻居。人们也称赞了明磊和母亲，明磊揽下弄堂里许多项"第一"，他是众人仰望的金凤凰，一枚冬夜的明月。他们不知道明磊在巴黎如何度日，末几年奖学金不再包括生活费，他白天抽空打工，夜里做笔译，饥一顿饱一顿，靠诸多朋友周济才熬过来。最后，赞扬之声惠及母亲，一笔带过似的收尾，他们说她热心，出错不多，她是粼粼波光上空识趣的雾彩。炳南笑纳一切溢美之词，碗中黄酒渐渐退潮，碗底终究演化成荒漠。美珍立在他旁边，格外矮小消瘦，大部分时候寂静无声，她就像他配在腰间的一把步枪。三十九岁时，手术刀首次把伤口贴在美珍肚子上。第一块多米诺骨牌倒了，此后她身体多次出故障。美珍坚毅无比，她有一种随时备战的决心，但这把步枪多是对命运而非世人显露其攻击性。宴席过半，炳南去灶头上替换母亲，爆油大声宣布了鳝鱼的结局。拧不紧的自来水龙头在炳南身后滴水，房间里其乐融融，充斥高密度的碎光，炳南翻着锅铲，对眼前景况感到满足。只是你永远没法知道为什么，有些人在满足之际，反而叹一口气。

咔嚓。古董相机响罢，一些表情松懈下来。喜悦复刻进相片，有一天失忆的人将受骗于现实，但相册是那深藏不露的指南针。在世上某个不具名之处，真相最好的一面仍被悉心保存。照片里的炳南张口大笑，比例失真。他穿一件卡其布夹克，浅蓝，昨日的颜色。这种布料成型于19世纪的英国军队，曾赐创伤予南非大地。而炳南只顾笑，毫无顾忌，预知我们终将成为矛盾重重的史料的一部分，像一个偶发的先知。

弄堂与外界存在时差，宾客们把九点误认作深夜。他们储存了一肚子酒，颤颤巍巍，从这个人造节日——退场。又只剩下我们四个了，三个多小时下来，话题如烟卷烧到枯竭。餐盘里一片破落，一旦成了残羹冷炙，便没有回头路。疲倦与更深的夜一并升起，母亲忽然说，不知道明磊现在在干嘛。巴黎时间下午两点，鸽子担任罗曼史的报幕员，广场空荡荡，零星男女面带一副不可被掠夺的幸福行走着，埃菲尔铁塔要再过四个小时才会亮灯。他们该如何以想象的名义虚构巴黎？凭往日累积的以讹传讹的素材吗？

美珍与母亲，常以自身情感辐射明磊。她们把明磊当作命运匹配的一块拼图板,她们阵营的一部分,是共用飞行器的一块重要引擎。她们能够无私输出爱与庇护,而根本不需理解明磊实际上是一个什么样的人。但炳南不同。很久以后,我的岁数在"八岁"的基础上翻过好几倍,炳南亦去世多年,我仍然悟不清炳南的想法。有时我判炳南为功利,他似曾寄希望于明磊带领家庭在上升轨道上大步流星,所以二〇〇一年,当明磊精疲力竭回到上海时,炳南会错愕地问出来:在国外待了七年,怎么一分钱都没带回来?又过几年,我才意识到,那些迸发于慢条斯理的日常之间的对话,常暗含叙述者别样的意图。如果仅从字面上解读,必然陷于重重误解。

有一些年我构筑了自己的游戏,关于预测命运,接受它,或者以执拗的不信姿态丢下命签。我收集古怪而意味长远的句子,放进一个铁罐头(里面原本装满可口可乐棒棒糖,明磊从法国带来的)。当我心中形成困惑时,就从中抽一张纸条,并试图以上述文字进行解答。

"杀猫以后,才发现过街老鼠连篇。"

"你不可能同时看见人脸与花瓶,但只要稍微上点心,很容易看到其中的一种。记住,这是你的选择。"

"两个'好'之间的差别也许大于'好'与'不好'。"

那时,日常生活中最严峻的问题是美珍的身体状况。

她每天按钟点打胰岛素,以干瘪的躯壳消解一把把药片。尽管如此,纰漏仍不时产生,好几次昏迷的她被架入医院,仪器和医生有条不紊的冷漠为她充电。我心里默念一个问题:美珍的病会好吗?一边把手伸进铁罐头。指甲刮到圆柱铁皮内侧,有看不见的星星零落迸发,接着我拿出充满隐喻的纸条,解构美珍的命运。然而,从来没有吉利的解读出现,一种模糊在语言内狡猾地流动,如幽光下闪烁不止的长排针尖。哲理是疼痛的,每个人走在自己的迷宫中,探照灯由虚幻的热望构成,他们以为所有迷宫在同一个平面之中,有一日会相连。一些用于诡辩的词语被生产出来,"本质""事实""真正的",他们到底知不知道,各自的迷宫都是永恒独立的,往外探出触手的模样不意味能抵达哪里。还是他们其实是知道的,不过在人类的构成元素中多画了一个堂吉诃德而已。我放下铁皮罐头,去沪南医院的病房看美珍。那时候我已经明白,没有什么比就这样看着她更好了,目不转睛,无所欲求,诚挚地等候一切发生,随时随地为任何变化献上祝福。我也明白了另外一件事,成长并不能使人获得解决难题的能力,相反,它只会让你看到世间更多难题,且承受它们永恒无解的虚拟阈值。

　　应验的占卜当属稀有产品,明磊的命运不止一次成为其载体。一次是附体神婆的游魂远远提了他一句,另一次是他自己去算的。"这个人不会太有钱,也不会缺钱。""这个人聪慧而清淡,一生都很开心。"明磊深以为然,甚至苦心从人生中刮下几个例子,用来恭维预言的正确性。他对这些句子如此看重,我一度以为它们源自深山高僧之口,多年以后才知道,这只是占卜机随机吐出的纸条。地铁站到处都有,机器自名为"真理之口",造型取自《罗马假日》里的视谎言如大敌的神祇。它瞳孔内眍,鼻唇之间疤痕斑斑,一张空洞的大嘴象征审判。为何同样的东西在六十年后依然能攫取人的恐惧,如果有一个人存活无限久,他将发现人类社会史不过是一环套一环的怪圈。而另一个局限中的人,若不是靠心里神秘的活水冲破人间障眼法,又怎么会对一张两元买来的命签如获至宝呢?

疾病神负责掷骰子,美珍承担后果。大约人的年龄中存在一个临界值,越过以后,命运百般淬炼反而只造就残次品。美珍最后一次生病,并发症促成脑溢血。昏迷警戒解除后,不言不语又活了两年多。她每天苏醒,咕噜噜转动双眼,四肢日日退化终成干硬的甘蔗。

母亲每天为美珍煲汤,亲手送往医院。炳南也去,握住美珍易折的手,对她反复说一些往事。假如医院提供的瓶瓶罐罐都没有作用,那只能寄希望于精神巫术,靠美珍过去的一部分来唤醒她。医生亦赞同这种做法,"这没有坏处。"白大褂下藏一具具普通的肉体,身体某处多毛或有一块黑痣,他们怎样尊享道德之光,又怎样对生死的执痛脱敏。他们每天在病房间走来走去,从未给我们带来好消息。母亲和炳南也走,只是活动的空间仅围绕美珍的病床,他们度过了美珍失言后的第 100 天、200 天、500 天、730 天。

炳南坐下,保温杯口热雾缭绕,他的喉道里泻下一道滚烫的瀑布。

美珍,这两天我在想我们老早的日子。我刚来上海,住你贴隔壁。白天,我到码头上卖小商品,一开始是火柴,后来也卖苔条。苔条一淋雨就干瘪,我晒干后涂点油,看上去就像新鲜的一样。你顶讨厌这些小动作,不跟我讲话,门口碰到就白眼一瞪。我被你瞪了反而很高兴,回去打开窗,黄浦江的风好像一路吹到房间里,都是暖腥的水汽。你还记得你爸从老家来的那天吗,他穿了缎面长衫,黄金灿灿,笃悠悠从一辆黄包车里下来。你多开心,以为家里发生什么转机,但是傍晚你就变了脸色,战战兢兢站在我房门口。你是从那时候才开始同我说话的,你问我借钱,我问借了做什么。你愈发脸红,好像在做顶不体面的事。你说,你爸要把一个金戒指卖给你。我说,你爸一身行头敞亮笔挺,我们这里日子这么苦,戒指不直接给你吗?你说,他衣服都是问别人借来的,实在没钱才来找你。你突然愤愤地骂,这个流氓,瘪三。我说,那你为什么要买那个戒指。你一愣,你太恨他了,越是恨,越是内疚。美珍,我现在回想那些旧事,旁人看来或许寒酸,但我只觉得欣慰，讲起来也蛮滑稽的。我想和你讲一讲，等你哪天能说话的时候。不要着急，等等都会过去，等等都会来。

　　黄昏在窗框内膨胀，一枚半剖面血橙向高楼的阴影滑去。护理工端着病人的晚饭走过来，一张饱吸紫外线而干纹重重的脸，和病房里其他护理工一样，全靠工资来维持耐心。炳南看一口口流质食品喂进美珍嘴里，一部分液体误入歧途，沿着嘴角滴下。护理工一边擦，一边骂骂咧咧。炳南只当作没有听见，并照旧施一些护理工热衷的小恩惠。母亲擅长通过计较来保护自身的利益，当时对炳南的举动并不理解，后来也不曾明白。

　　不久，藏青色的蜡刷满天空，母亲拎着空汤罐回家，炳南也从这病房场景中退场。但下一个场景是哪里？没有任何关于"action"和"cut"的指令，人们秉持着精通变调的天性，在一连串无边无际的布景中进行集体即兴创作，而殊途同归的终点唯有死亡。炳南在黑夜里烫下一个光亮的身影，迎着日日变化的月亮而去，死亡恰是他不时想到的东西。

　　不过是一场寻常的葬礼，哀痛固然一度占据我们的胸腔，如今时过境迁，我们终究恢复了大局视野。那时美珍在病床上躺了太久，以至于炳南每天都做好两手准备：美珍突然康复说话，或者突然死亡。这样的逻辑绝不可能被母亲接受，对母亲而言，光是想象美珍的死亡都该算作不敬，一粒灰色的斑纹在道德白绫上生成。

母亲更未料到的是，炳南暗地里做了更多准备。

藏牌的目的在于将来亮牌的那一刻。美珍化作灰烬的第四个月，炳南告诉母亲，他有再次结婚的打算。女方住炳南斜对面的二楼，比母亲略大几岁，离婚，有两个儿子，因知青的缘故户口一直未曾迁回上海。炳南以短短几句话概括了对方的条件，每一句都让母亲义愤填膺。母亲强忍着问，这会不会太快了？炳南说，不会，接触一年多了。

眼泪可能是最容易获得的武器之一，母亲给明磊打电话时，情不自禁地将泪水上膛。母亲絮絮叨叨，如河底的鱼吐出大量紊乱的泡泡。亦有空洞的质问，本该掷向炳南，此刻母亲却用来伤害自己。母亲把痛苦视作一种自我牺牲，而这百转千回的轴承带扭过一圈以后，负面情绪耗散了大半，母亲得到的成品是一份令人羞耻的安慰。母亲说，你知道吗？妈还活着的时候，他就开始动作了。明磊久久没有讲话。那一刻，全世界无数基站正通过发射移动信号的方式传送一句句语言，但母亲与明磊的电话中只有沉默一片。母亲站在窗口，紧盯楼下幼儿园一棵立起的树，一阵暖风也未能吹醒母亲迟滞的知觉。过了一会儿，明磊淡淡地说，他这个人，确实是这样的。

我们在那个枢纽站告别：炳南走向第二段婚姻，明磊如同性磁极斥于和炳南相反的方向，我和母亲则走向一个模糊不清的地带。并不是说有云霭蒙在我们的立场上（母亲的立场很清楚），只是这横来的不幸使母亲的价值观发生了轻微的震荡。母亲想不通，美珍活着的那些日子，日复一日，炳南从未缺席医院的探视，怎么可能同时物色妻子的继任者？是从哪一天开始，炳南产生了叛变的意图？到老的时候，面具落地破碎，紫色的罪恶尾巴也露了出来，炳南竟是这样一个自私的人？

炳南七十一岁生日前夕，名正言顺地接过民政局递出的新证件。那几日，秋已剥到最深一层洋葱，微弱的金核勉强擦亮城市，磨损着它最后的魅力。大部分树叶找焚烧厂作为归宿，也有几片仍然坚韧地紧贴树枝，在风声的摆弄下，吟干枯的诗。所有诗歌都应当为世上最后的幸存者而写，有一天他们将明白，比死亡更悲恸的，是无法与他人一同毁于灾难。他们被丢弃在荒岛上，预先成为与集体极为疏远的纪念碑，要凭浓烈的意念唤来新的世界。当他们幸存者的身份被后人意识到的时候，他们自身也成了一栏诗歌。然而，他们自己一时想不到这样远，一如炳南，走在一行行偏光的马路上，身边追随一位崭新的女人，他的思绪或只填了几笔眼前的深秋。

炳南与"那个女人"在杨浦边郊租了一间房，第四层，没有电梯，每个来回必须一步步走楼梯。附近有一个大得超过日常需求的超市，一个公交线路交叉产生的停车站，一群平均年龄偏高的人。

母亲一贯观念传统，不会真的将父亲这个角色剜去。即便她心中的法庭判炳南罪恶深重，即便她以轻蔑的态度重塑了炳南的形象，她还是原谅了炳南（假定她拥有原谅的权利），她不能不这样做。

炳南搬过去不久，母亲便剥了看似倔强的薄壳，以示投降。"终归是亲爸。""妈还在的时候，他也算到位。"一些理由被母亲揽到手中，搭成从窘境下来的台阶，亦可缝补开裂的尊严。究竟是谁将自欺欺人塞进人的天赋里，必定是一个真正的神——好心，深谙规则，同时不在乎眼看人类因此变得愚蠢。每次看望炳南，母亲都唤我同去，既有情感、也有功能上的考量。只是我们前往的频率不高，一年大约只有两三次。

往炳南住处的公车要开很久，路程近乎覆盖两个终点站。是一条偏冷门的线，车也老旧，一身铁皮吱吱作响，仿佛凭阅历悟到什么，满心热忱却苦于无法通过话语讲出来。母亲常靠窗而坐，那几年她已懒得顾忌形象，一头蓬乱的发轻贴玻璃。初上车时，母亲对我施以各种叮嘱，讲到后来她自己昏昏欲睡。我在清醒中摇晃，配合着公车的聒噪，像一叶置于乐器内部的小铜片。大量空白的时间供我涂彩，我想象出一张与城市雷同的巨大棋盘，炳南作为一枚属于自己的棋子,晚年从市中心移动到了边郊,这种走法也多少影响了我和母亲,为我们制造出额外位移。难道每一颗棋子不比国际象棋中的女王更自由、更横行霸道吗?女王虽然也进退自如,但她只走向胜利。而我们任何一个人,都有完整的权利走向堕落、走向覆灭、走向地狱的狂喜。

到达终点站,我跳下车,双手拎满的塑料袋发出簌簌响声(都是给炳南的礼物),母亲由此瞪了我一眼。正月初五,那一年城市还未禁烟火,空地上时有少年丢炮仗。噼啪。砰!远远地,我们看见炳南,手推一辆锈迹斑斑的自行车,立起的领子回蹭他通红的脖颈。他缓慢地走近我们,像一座越变越大的塑像,露出深蓝色的中山装上的细节:肩膀稍显窄,袖口褶皱横行,但纽扣一粒不落,端正地就了扣位。

母亲直言炳南穿得太单薄,又问炳南,日子过得还顺心?炳南当然说顺心,否则无异于承认自己当初做错了。炳南问母亲,明磊现在在做什么?母亲一五一十讲,明磊现在调到世博局去了,他女儿羊即将念小学,遗传了爸爸的才智,人人都夸聪明。炳南嘿嘿一笑。炳南再婚以后,明磊与炳南彻底失去联系。其间并无恶言相向的过程,明磊甚至不曾劝阻过炳南半句,他们只像一对自然疏远的老友。

母亲口中的"那个女人"在厨房烧菜,我们三人待在另一房间里。二〇〇八年了,墙上的日历竟脱落得那样迅速。玻璃窗很久没擦,尘垢砌成屏障,光线入室如带偏见似的变了色,粉红、碘紫,刮花了几张面孔。电视机停在随机频道,被拧开只是为了增添热闹气氛。炳南往门外微一张望,忽然从衣服内袋里拿出一沓钱,塞到我手里。母亲刚要嚷起来,炳南连忙示意她噤声,并让我快点收好。炳南说,你小时候答应带你去千岛湖,一直没实现,以后恐怕也去不了,不如给你钱自己去吧。炳南在大橱抽屉里翻了翻,又找出一块珐琅纪念章,是他原先单位沪东造船厂发的。一柄金色船锚竖在圆圈内,食指可摩挲出打底的洼纹,另有铜链将一块长方形的牌衔接上去,刻着"船舶工业三十年"字样。炳南说,这个也送给你。

我们完成一道交接,似替他卸下了人生最后的责任。彼此都察觉其中渗透一股告别的意味,在一家旅店门口,在硬币被咬碎吞没的红色电话亭里,在离别如十字纵横相绣的月台上,或在码头口——一个午后,浪吸舐了游泳者身上夏日的味道,一艘大船在流动的金箔上方颠簸,被误认作海燕的鸟贴水掠过。有人呐喊,为即将失去的东西最后摇动战旗,抑或拼命想建立一种永无前景的联系,朝向某一片虚无之境。那时炳南年轻得像另一个人,码头曾见证过他大量的时光。他在岸边奔走,叫卖,闲聊,这个瘦长活络的青年小贩很快闯进了人们的印象。也有一些静态的时刻，当黑夜赋予他静谧的环抱，炳南浑身的发条都松懈下来。炳南清点未来的日子，水面上零落的光如直流电贯通他的身体，兴奋、激昂，但当他渐次算到五十年后，自己可能在做什么时，蓦地溅出一种莫名其妙的恐惧，仿佛短短一念之间已为一生下了定义。

五十年后的炳南正在褪色，他的意志力涣散如抽丝，外表也丧失了特征性，与其他同龄人越来越相似。坐在铺了一次性桌布的圆桌边，炳南几次将筷子撞落在地，端起饮料杯，想转移注意力，却见他右手颤抖得厉害。"那个女人"烧菜极咸，母亲像被硫酸烫伤似的吐出舌头，炳南浑然不觉。他已成为一口深井，心平气和地接受丢入他胸口的一切。也许我在席间露出了泫然的面目，趁"那个女人"收拾狼藉、母亲上厕所的时机，炳南以试探的目光笼罩我，对视时他做出抱歉的表情。炳南轻声说，不要难过，没关系的。不要把我们所站的地方看作终点，你以后还有很长的日子。

炳南暴露在我的手机镜头下，那一年科技暴风还未席卷翻盖手机，低像素的图景嗤嗤闪烁。测试了好几个位置，光线使用绕不开晦涩的调性，只好再转换。我行事向来随意，不涉及重责的事追求六十分便好，但不知为什么，那天为炳南拍照却因于一种怪异的隆重感，非要往更精细的目标攀升。最后，以仿红木大橱为背景，炳南人生最后的影像落成。

我们又谈起炳南六十六岁生日的场面，如铜棒任意敲击盛满不同水量的玻璃杯，各种频调的声音混杂而生，每一个视角都不容置疑，现实沉在跨维度的器皿底部。尽管对具体事物的记忆千差万别，我们都认同一点，那是炳南最意气风发的日子。

炳南六十六岁的那天晚上，流光湍急，空中突然轻雷点云，似蟾蜍喉咙里的咕咕声，也似遥远的焰火正得体地上升。两间房中人声鼎沸，人们的注意力牢牢拴在炳南身上，他们只聊炳南发生过的最好的事情。有过那样的碎片时光，在瞩目中，炳南一度成为全宇宙的核心。南北极消失，磁场尽往他所站之处淌去。群星暂切轨道，无尽的椭圆形光晕松垮地缠绕炳南。一个人生命中竟占有过这样的时刻，他是那个承受万千喜悦与苦难的棕发使者，独立于菩提树下，浑身绿色的尊严向世界边界奔流。

我们无法找到那一日拍下的照片，炳南再婚后搬家，许多隐秘的线头不知不觉从手中滑落，回头再去寻找，发现旧日事物多已失迹。"你该看看，我从没见过他那么高兴。"但母亲无法说服明磊，死亡带不来和解，即便在炳南去世以后，明磊对炳南的境况仍然无动于衷。

火锅上大量逡巡的白雾,暗示我们被囚禁在冬日的笼中。锅里的羊蝎骨不太安分,沸腾的泡沫从骨头两侧的小孔里起跳,小型喷泉正在表演,可没有人理会这小小的戏谑。明磊、小冷、他们的女儿,以及我们一家三人,坐在空落落的火锅店里。是二〇〇八年末的一天,下午四点,墙壁上的钟面还无法反射夕阳。我们身上残留殡葬仪式的气味,像消毒水、醋、雷雨之日和青草地的混合,闻起来令人感到懊恼。回想两个小时前,进焚化炉的那一刻,炳南的人生进度条彻底读完了。

命运为炳南安排的休止符号是一场心脏病,急救后回缓过来。我去看望他,听他啰嗦地构建一些画面。他小时候住乡下,母亲开杂货铺,他深夜都在替人送货。蛇是黑暗深处的一根根毒刺,运气好的话,也可能只是碰上蛇的"伪装者"——牛粪。假如对手是货真价实的蛇,必须快速跳入附近的河水里,因为蛇在水中不咬人。有许多次,恐惧驱逐着他,他在湿寒的黑水中瑟瑟熬过了整片深不见底的夜。

也有明朗一些的。比如他曾想攒钱带美珍和孩子们旅行,作为惊喜,他选择一本旧杂志作为银库,让省吃俭用存下的钱寄宿其中。某一天回家,他惊讶地发现,杂志已被美珍当作废品卖掉了。那是一本《中国青年》,一幢青绿色的麦间小屋牢牢伫立在封面上。事情发生在六十年代还是七十年代，对此刻而言又有什么区别呢？任何一件被谈及的事，都可能是最后一次说起。倒计时开始，人世被层层积雨云遮藏，他向上穿越，濒临一道光。

炳南临终前的一个下午，忽然自问起来，人生有没有什么秘诀？当时我和母亲都在他病床边，母亲削苹果的刀微微一顿，我们在迟早将被打破的沉默中低下头。然后，我们看见他摇摇头，又极轻地补了一句什么，我们听不清。邻近的日子里，炳南还讲过，他这辈子认识很多人，和谁都能说上几句，但没有一个朋友。聪明、精明，到了这时候，混为一谈也无妨。只是当时我多么伤心，第一批逃出山洞的穴居人错在哪里？丧失集体以后，他们再也无法回头。而炳南，是否也会在某一刻厌倦深思熟虑，意识到偶尔撇开规则下棋，才是对整个无意义棋局的致命一击。

黑褐色的筷子从火锅里挑出熟透的肉，母亲不爱腥膻，避开明磊夹给她的羊肉如避瘟疫。其他人都在吃东西，咀嚼时口中淌着一首交响乐，音阶破骨缝而出，顺着某道隐秘的血管通向太阳穴。唯有母亲大声讲着话，炳南逝世的悲哀涟漪暂时荡到远方，此刻母亲正在控诉剩余的现实。在那最后的中午，炳南床边的心电图仪一马平川，不再有任何波折。"那个女人"迅速得知了消息，将她能控制的财产悉数转移出我们的视线。医药费、丧葬费，这个带着柔弱面具的葛朗台一概拒绝支付。

"我怀疑是她做过什么手脚,弄死爸的。吃午饭前还好好的,稍微一走开,回去人已经死了。"

"说这种话有什么意思呢?"明磊放下筷子。

"是真的。我们年初去看爸,人完全变了样,老得不行,不知道受过什么折磨。"

"他自己的选择。"

我想起十二岁那一年,美珍的寿限用尽后不久,炳南还未再婚,母亲带我去炳南那里陪伴。我睡小房间,半夜因空调噪声惊醒。迷糊之中,我从床上坐起来,察觉到万物被谋杀的一种方式——时间流逝。它的痕迹遍布房间,无处不在。四面白壁上的裂纹和霉斑、内部钨丝烧得发黑的灯管、生锈的钥匙圈、木偶挂件顶部松弛的弹簧、窗帘穗上的毛絮丛、插座眼中的灰尘,以及看不见的虫卵遍布角落,异形窸窣作响。我掀开被子,光脚滑进拖鞋,悄无声息地往外走,浸透黑夜。走廊另一头的房间里,母亲和炳南正窃窃私语。尽管母亲竭力克制音量,依然能听出她的语气凝重,她自己都无法盈握那把铅锤,伤害无疑也分摊到了她身上。不一会儿,争执的火苗黯淡,寂静之池灌下来,他们似为自愈而蜷缩其中。

我木讷地立在那里,靠一门之隔掩藏我的恍然。很多时候,我欣赏这种旁观的立场,可终有一天我反应过来,自己原来多么胆怯,根本没有去插手的勇气。过了一会儿,炳南的声音传出来。"这日子真是太难过了。"奄奄一息，是挣扎无望后溺水的人。

往后又过了许多年，一度深受其困扰的谜语，流于往事。

炳南死后的第十年，我再度想起他弥留之日的那句话。"这辈子认识很多人，和谁都能说上几句，但没有一个朋友。"我曾为此话久久失落，亦多少有些抱不平。炳南总能轻易赢得他人的好感，若有必要，也能以非常自然的姿态从这些好感中获利，但因此就要落入与"友谊"互斥的孤独中吗？

完整的十年过去后，我忽然明白过来，这句话恐怕并非通常的含义。我们的真实意图总被语言捆绑，人生中看似成立的很多对话，从某个角度而言，都是"言不由衷"的。炳南之所以这样讲，或许意不在强调临终回望时的孑然，他真正想表达的，是宽恕与被宽恕。他把自己从陈旧的羁绊中释放出来，情感债务归零。此后，他才能彬彬有礼地向每个人告别，坦然坐上一班西行的黄鹤。

要是我继续活下去，有一天还会得到不同的答案，更完整、更贴切的答案。明磊却已失去了谅解炳南的机会——如今，我站在墓碑林立的走道上，正对我的是代表明磊的那一块。亲戚短暂地呜咽后，将精力集中到相对实际的迷信上，烧毁一切纸扎的信物。

  我一步步往外退，一边回想炳南葬礼的那一天，我们和明磊一家吃过一顿羊蝎子。当时母亲非要做东，由于继承了家族的节俭习性，还曾因父亲多点一份厚百叶而训斥他。羊蝎子肉老味重，热切羊肉膻得将四周氛围染成一座屠宰场。母亲自己不吃，嘴部固执地进行其他动作。母亲讲了很多无人想重温的事，又为"那个女人"的狡猾咬牙切齿，她热切希望明磊和她站同样的立场。明磊则劝她少操心，往后至少他们姐弟还可以团结一心。我只顾低头闷吃，热雾缀得我视线模糊，心想，多么糟糕的一天啊。可此时此刻，当我茫然失措地面朝着明磊的墓碑，我才明白那些都是怎样的好日子。

  远处的凉亭闪烁，像一枚发光的别针。明磊的女儿羊似乎张望了一眼，起身向我走来，我们终将在一座斜卧深水的桥上相遇。

一个道德故事

只有在被击中之后，它们才能重新稳固地坐在自己的王位之上。

——尼采

明知别墅那一夜不会过得愉快，我还是去了。

新年将至，人们喜欢凑在一起，靠各自付出一些激情来制造新年即将顺利的假象。往年我都随丈夫去跨年，恰好也是他一个朋友生日，派对来得顺理成章。但今年发生了一些意外，我的好朋友小羚隔着电话痛哭不止，好像她是摆在对岸的一座景观瀑布。"我总算知道抑郁是什么症状了，不是心理层面的东西，而是呼吸困难，胸口贴着塑封带似的压抑。你不陪我去的话，我怕我会精神崩溃⋯⋯"我问她到底发生了什么事，她不肯细说，只说和她男朋友有关。

说服我的丈夫很容易，直接搬运实际情况便可。也不必对家里解释，我们本来就打算通宵跨年，婆婆会替我们看护三岁的女儿。当然，这一日的偷闲需要我日后加倍取悦她才能弥补过来，这是规矩。

出门前，我对着镜子再三打量。我换下新买的高跟鞋，尽管买它是为了新年派对，可现在场合变了，它就成了一件累赘。重新翻出来的是一双渔夫鞋，白色，配杏粉色的衬衫裙显得柔顺乖巧。我把招摇的水钻耳环塞回首饰盒，最后套上羽绒服。等我确认自己像个不谙世事的学生，在装扮上毫无攻击性，才匆匆下楼。

小羚的车在小区门口等我，我迅速钻进副驾。小羚正在看手机，一见我突然委屈起来，若不是因为担心妆花，恐怕眼泪也勇往直前地落下来了。我和小羚中学就认识了，我们共同分享过的大量善行与恶意，使我们成为牢不可破的一对知己。她一直自诩比我漂亮，可我们实际上都属于平庸的那一类，她唯一的长处在于皮肤光滑，但时光流逝正在摧毁这项优势。当我在她脸上发现法令纹时——像鹦鹉螺壳上的弧线，或冻土带碎块的棱边，那种既得意又伤感的心情是语言无法完全描述的。

"到底什么事情？我本来说好在家陪女儿的，一年就这么一天，你想想！"我佯装懊恼地说。

小羚低下头，在导航系统里输入目的地：丰台的燕西别墅区。路程将近四十公里，开车一小时不到。车里浮满一种甜腻的化学分子气味，很熟悉，但一下子辨认不出是哪一款香水。小羚今天穿一件黑色毛线裙,胸口交叉绑带似一个圣安德鲁十字。脖颈与毛料交界处黑白分明,使我想到黄昏、太极阵、棋谱等似乎毫不相关的东西。汽车开起来,我们被热得过分的空调气体拱着上了路。

"我们本来打算明年结婚的。"小羚平静不少,大概行车必备的专注使她恢复了一点理智。

"我知道,然后呢?"我有些紧张,不由自主握住了安全带。

"但他的心不在我身上了,最近总是魂不守舍,那个女人还一直骚扰他。"小羚放低了声音,车里没开音乐,车窗像个正在拍摄北京夜景的镜头不断向前推动。我能感到剧烈的心脏跳动声。

"宋怎么可能是那种人!你是不是太敏感了?有什么确凿证据吗?"我声音很响,自己都吓了一跳。

"你等会儿自己看啊,我真的不知道怎么办,你千万要帮我。"小羚说,语调颠颤似在钢丝上。

"什么意思?那个女人也去?"我一愣。

"对啊。我有点搞不清楚的是,那个女人长得丑、人品又差,我为什么会这么怕她。每次想到这个人的存在,我都有点窒息。"小羚腾出一只手,按在胸口,似乎想把什么东西压下去。

现在轮到我沉默了。小羚的男朋友宋和我在同一栋楼上班,这栋楼属国营机构所有,七楼以上都租了出去。我们单位在三楼,而宋每天上十五楼的外企办公,贫富差距从楼层上体现得一清二楚。三年前,小羚和宋在底楼的星巴克互加微信,起源也是为了等我。在女孩的好友团里拥有一张支持票何其重要,由此宋经常约我吃午饭,我们几乎把周围店铺的打折券都用了一遍。我听够了他们之间薄物细故的纷争,给出建议,一向准确、实用。作为回报,他也负责在必要时安抚我。

事情是从夏天开始变化的,那时流感正肆虐,女儿发了烧。我和丈夫回绝了所有上班以外的外出,丈夫闲不住,买了一款新游戏,整天走火入魔似的黏在屏幕前。快递只肯送到小区门口,无论什么都要我出去拿。有一次,我一个人把二十斤米拖回家,发现女儿不仅没喝药,还把碗摔了一地,白色碎瓷在光影下像一把把闪烁的刀片。我脑子里一个阀门突然崩裂了,连我自己都不知道怎么回事,我发疯似的打女儿,和闻风赶来的丈夫大吵一架。女儿不久就退烧,但丈夫连续四天没回来吃晚饭,我们毫无交谈,住在一间卧室里却如同两个时空的人。我和宋说起这件事,没讲完就忍不住哭出来。他有些诧异,这种反馈莫名其妙地激怒了我。我说,算了,你不会明白的。他说,你继续说,说了我就明白了。当时我们坐在日料店里,窗外尽是夏日茂盛的植物,绿得烂醉如泥。店里放邓丽君的《我只在乎你》,我将会是在哪里,日子过得怎么样。我忽然被煽起一些伤感,我说,我二十一岁就结婚了,根本没有过机会去考虑婚姻是什么。即使相处到现在,我们累积的结婚理由也不够充分。宋沉默许久,假如附近有细心的观众,他会看出来这种沉默正通往一种荒诞的可能性。荒诞是其本质,一个人永远是自己真实生活的受难者,我们似乎同时以某种途径理解了这种状况。

宋无法再开口,那以后的周六,他采取了一种更直接的行动安慰我。我们躺在散发霉味的床单上,一切都已不可挽回。

所以,我决心陪小羚去跨年,最重要的原因在于我的恐惧,我要弄明白到底发生了什么事情。而当我发现罪犯另有其人,这次审判并不是针对我的,我顿时松了一口气。同时,又因复杂的占有欲作祟而隐隐难受。宋从来没有跟我提过那个女人,我还以为我们的友谊早就到了无话不谈的地步。

抵达别墅区时,五点还没到。小羚提前打电话给宋,宋来停车场门口接我们。冬季白天耗散得快,末尾三分之一更是一副受夜的余威欺压后的酸冷模样。黯淡的光照下,宋显得特别高。他总穿一件黑色短羽绒服,是我们一起在一家日本品牌店买的,但今天他看上去有些异样,或许因为他头发长了。这时我才意识到,我们已经有段时间没见面了。

"怎么,准备改行当摇滚明星了?"我和他开玩笑,但自从我们有过肉体关系之后,许多笑话都失去了魅力。我们之间无意中形成一片海,使那些新的经历也蒙上一层靛蓝色的滤镜,沉重、黏稠。

他笑笑不说话,也没对小羚开口。

大部分人都到了,包括让小羚忌惮的那个女人。有些女主角喜欢延迟登场,以此来收割观众在等待中累积的热望,但她不是那一类,放空舞台对她来说是一种莫大浪费。在来的路上,小羚已经向我概述过她的情况。那个女人自称做艺术品经纪,但其实没有正经工作,只是拼命从交际中榨取每一分可得利益。她算不上一个聪明人,至少某方面有极大缺陷,很难讨人喜欢。即便如此,当她看准什么东西时,基本上都能得手——男人也不在话下。她有过无数男朋友,凡有交集必有暧昧。大约半年前,她刚从法国留学回来,据说学费也是靠一个男人慷慨解囊。费用一经清偿,她又恢复了单身,任凭那男人投资失败。

我们走进别墅,那个女人正和两个男人聊天。见我们进门,他们欢快地站起来。我们轮流自我介绍,非常草率,也许再次见面还会认不出对方是谁。圆脸的男人叫郑,另一个叫岩的男人看上比我们都年轻,消瘦,长着一张更适宜表达负面情绪的脸，托马斯·查特顿如果能活到二十五岁以上，估计就是这样的气质。

"七仔。"轮到她时，她单手托着下巴，淡淡地说。这时我看清了她的样貌，一身运动装，短发染成栗红色，勉强算得上丹凤眼，鼻子小巧扁平，嘴唇很干燥，她偶尔会去咬唇上的死皮。无论如何都算不上美人，以清秀评论已经是客气了。

"像个男孩的名字。"我说。

"你也可以当我是男孩。"她说，手仍然放在原来的位置。

小羚故意忽视她，她也毫不介意。旁人还在闲聊，她就重新坐回去，伸手抓一把开心果，一边剥一边看手机屏幕。

别墅共有三层加一个地下室，卧室都布在第二层，最高处有一个露台，地下室则安置了各种娱乐设施：跳舞机、台球桌、各类桌游。有人正在打桌球，嬉笑声焰火一般轰上来，好像他们在底下挖到了金矿。

我去二楼上洗手间，无意间瞥见七仔和岩在二楼至三楼的楼梯上。七仔坐着，运动衫的拉链已经拉开，露出黑色的棉背心，岩站在她下面几格的位置。我往隔墙内隐去，仿佛自己是一只具有窃听功能的变色龙。

"我本来就是你朋友,但如果你认为友谊是一种捆绑别人就范的工具,那受受挫折也是活该的。我们可以等你成熟一点再联系。"七仔说。

"所以下星期不行吗?下下星期呢?"岩穷追不舍,焦虑溢于言表。

"我已经说过了。"

"那你下周末去干嘛?"

没有回答,对话似乎陷入僵局。我突然明白过来,岩身上那种阴霾色调从何而来——他也是塞壬女妖的战利品之一,水手偏离航线冲向礁石。让我意外的倒是七仔,我原以为她会更委婉些,至少往那个方向乔装。

"为什么他们都可以,就我不行?"沉默过后,岩有些恼羞成怒。

"什么意思?"

"你以为那些事情藏得住吗?你名声那么烂,人人都在传你的八卦,就像中学时传阅的下流画册。每个人都劝我放弃,说你配不上我,但我偏偏对你鬼迷心窍,就是要试试。"

"随他们去,我又不在乎。"

"你能想象吗?一群男人议论你的床上功夫。另一个说,'玩过了也不过如此。'你还沾沾自喜,这对你来说很光荣吗?没人真的在乎你,没人看得起你。给你带点礼物算什么,他们来找你,只不过因为你比妓女更便宜。"

七仔笑了起来,像一串轻盈落下的露水,毫无敌意,仿佛岩刚才讲了一个笑话。七仔说,"怎么办,你太生气了。要不你把那对夫妻带来的花插起来吧,找点事情做分分心"。

我听到脚步声,他们中的某一个往楼下走去。我也功成身退,打算找机会和小羚分享这段插曲。洗手间的顶灯呈枫叶形,暖橙色的光四下倾淌。我逐一检视洗手池边的工具,洗面奶、水乳、一些修饰用的工具;又把抽屉一个个打开,唯恐错漏什么秘密。别人家中的洗手间是最微妙的存在——在一栋标有他人名字的不动产里,你能拥有控制一把锁的权力。尽管时间短暂,五分钟、十分钟,最多不超过半个小时,但期间你是绝对的霸主。你可以在里面翻箱倒柜,发掘主人日常生活冰山下的物质。任凭你在暗流中肆意戏水,主人也无可指责。如果有机会,我也搞一些破坏,比如把口香糖黏在柜子底下。当然不是针对主人,只是忍不住攻击一间房子最脆弱之处。

我打开洗手间的门,他们两个都不在原地了。楼梯空荡荡,表面像上过蜡的红富士苹果。

我回到一楼,他们正用投影仪看一部韩国电影《北村方向》。大致讲一个前导演回首尔见一位旧友,场景由各种饭局组成,所有饭局都参与的就是男主角。镜头清冷,首尔的雪涨落不定。我上楼前看到最后对白是："分居不都是因为其他女人吗？""也不是，回到家里就是睡不着。"

电影还在继续，在我消失的这段时间内，一个新的饭局从屏幕上呈现。三个演员嘈嘈切切地讲话："每个人心里都藏着一个极端，上当也是这个原因。"饭桌边的人不时加减，男主角前后两次弹了肖邦《降E大调第二夜曲》的第二乐章。

七仔和岩坐到最旁边，另一边是郑，她偶尔和两人耳语。电影是黑白的，反射在她脸上的光线单一，她有时垂下睫毛，一种若有所思的神情。隔着几个人，宋也不时往七仔的方向张望，七仔察觉到以后，让宋给她拿一张纸巾。在对方讥讽目光的挑衅下，宋稍加犹豫，还是递了过去。

小羚看电影很专注，并未被这些细枝末节所影响。而我对周围正进行的游戏更感兴趣，它们让我想起很多年前的事情，但自从我和丈夫结婚以后，一切爱情游戏寿终正寝，取而代之的是一种成熟的相处模式：交易。它更稳定，由多次交易累积的信用作担保，我们的每步行动都是在构建一种共同体的道德模型。

"你们不觉得柳尚俊和七仔有点像吗？"电影很快放完，我们重新打开灯。郑突然说。

"因为都是艺术家吗？"一个女人问。正是那对在楼下打桌球的夫妇，他们相对沉默，做什么都两个人一起。

"都见一个爱一个，一旦得到自己想要的东西，转身就走了。"郑哈哈大笑。

"哪里见一个爱一个，你这样的我没兴趣。"七仔笑眯眯地说。

"你自己想想是不是，"郑想表达亲昵似的搂过七仔的肩，继续说，"你还记得小林吧，他到现在还没走出来呢。要写项目报告的时候和人家花言巧语，事情办完人就没了。"

"你们什么都不懂。"七仔轻轻推了一把郑，从他怀里挣了出来，接过宋拿来的一罐果味酒。

"想要别人懂你，首先你得配得上，而你连基本的准则都没有。"宋正蹲在茶几前给大家分酒，抬头对七仔说。

"这你就错了。"七仔忽然正色起来，"我根本用不着你们懂，当你理解一个人的时候，意味着你们的智性势均力敌，理解实际上是争取思想平等的一次胜利。你明白吗，你们根本没能力理解我。我倒要问问你，什么叫准则？"

"就是基本的道德观念。"宋说。

"道德是你说了算的吗？还是从哪本教材里背了道德的框架？宋，我经常觉得和你说话很累，你总要规劝我，还装作一副毫无企图的样子。你这种人最狡猾，通过贬低别人来站到'正义'的队伍里，抓住这条捷径穷追猛打。你这样只会让人怀疑道德，你让它成为一件被滥用的武器。"

"他不是这个意思,没人贬低你,你从来都是个很可爱的女人。"岩说,恢复了初见时懦弱忧愁的模样,而和楼梯上判若两人。

"我不是想吵架。平时你们背后说我,也没怎么样。只是今天既然讲到了,不妨说说清楚,我到底哪里让你们不满意了。"七仔说。

"你和那么多男人纠缠不清,这样真的开心吗?"宋说。

"还是我来说吧,"郑又一次大笑起来,"你就是一个擅长搭顺风车的荡妇,你怎么看这事?"

"一个女人有权拒绝追她的男人,如果她甘愿放弃这种权力,接受了对方的取悦,难道不是一种好意的体现吗?这个叫'搭顺风车'吗?你把一朵花送到对方面前,却希望对方说,'不,我不能随便拿你的东西,因为我是个独立的女人。'如果她接受了,你反而指责她贪婪,那样的话你为什么要送花呢?最虚伪的那个人不是你自己吗?"

"但你的问题……你的问题是,你交换的底线太低了。为了从男人手里得到好处,你什么都肯付出,哪怕一点蝇头小利都不放过。一个人如果连尊严都不在乎,那活着不过是漫长的受辱过程。"郑没有回应七仔,而是点起一根烟优哉地吸起来。宋接过了话题。

"我知道自己要什么,用不着你们指手画脚。尊严说到底是弱者的防护盾,生活幸福的人谁会考虑尊严的问题?

唯独那些什么都没有的人,想从虚空中抓取一些活下去的动力,但他们心中不明白吗?这些都是虚设的。"

七仔说话的过程中,岩始终看着她。我和小羚不知所措,我们和这些人并不熟悉,小羚只是一位家属,而我是家属带来的一个透明氢气球。那些男人根本抓不住七仔的漏洞,如果我能开口,我一定会把七仔说得哑口无言,但我并不乐意做不合时宜的事。

"你啊,不要班门弄斧了。"郑伸手虚晃两下,像在拍一个上菜的响铃。让我意外的是,他突然转向我,指着我说,"李老师是著名杂志的编辑,肯定读书无数,你听听人家怎么说"。

"没有没有,现在读得少了。"我慌忙否认。除了外出开会,没人叫过我李老师,我吓得像被霓虹聚光灯惊飞的鸟。

"李老师是哪家杂志的编辑?"七仔语调立刻变得客气。

"《春风》,小杂志,发行量一年不如一年了……不要叫我李老师。"我说。

"我知道,读高中时,每一期《春风》我都买!"七仔整个人突然明亮起来,仿佛我们社的杂志是走马灯中间忽然被点着的一团火焰。

"你想看的话,我可以给你寄几期。"出于礼貌,我说。

"我真的很喜欢《春风》,在法国读书的时候,生活无聊，我又没什么朋友。我不会讲法语，英语也磕磕绊绊，喝酒是唯一的社交语言，三年过得很虚无。中途回国一次，我在机场还买了《春风》，带回法国看了好几遍。"

七仔兴致勃勃，我多少有些受宠若惊。在她的主动下，我们加了好友。我偷看小羚一眼，她浮起一个讽刺的微笑。其他人陆续散了，轮流洗漱，没轮到的就在别墅里闲逛。七仔把宋拉到一边，两个人不知道在讲什么。小羚一怒之下登上楼梯，我连忙跟上去，以弥补我和七仔的这段插曲可能引起的小羚的不满。

三楼是一个露台，一把巨大的遮阳伞罩在圆桌上，四周摆了几个藤编椅。露台的围栏上缠绕着一串串栀子黄的装饰灯，天冷得让我产生一种错觉，好像这些灯随时会冻得炸裂。这一带属于别墅区，建筑高度普遍比较平均，藏青色的天空一览无遗。一年的最后一夜，夜空依然波谲云诡，星星衬着零散的光洇游。我童年时代曾有过一种幻想，假如我把收音机拨到某个调频，就能听到星星叮咚作响的声音。好多年里，我一直在尝试寻找调频器准确的落点，直到更重要的事情挤走了这个执念。

"你要抽烟吗？"我问小羚。

"你什么时候开始抽烟了？"小羚惊讶地反问。

"我不抽，只是随身带着。工作会有需要派烟的时候，养成了习惯。"我一愣，解释说。

"这个女人真恶心，还一副理直气壮的样子。当着这么多人面被说，我要是她撞死算了。"小羚气愤地说，她转向我，眼睛周围荡出一圈淡淡的红。

"至少宋也在指责她，你别多心了。"

"指责？你太天真了。你没看到宋看她的样子吗？他所有的注意力都集中到她身上，他不是在指责，他是在吃醋！"小羚叫起来，怕人听见，又压低了声音。

"你怎么就认准了他是吃醋呢？"尽管我赞同小羚的看法，为了安慰她，我还是提出了质疑。

"你不知道，有几次宋在我家过夜，我亲眼看见他和那个女人半夜聊天。这种事我本来不想管太紧，所以也没问，只是特别留心了一下那个头像。最奇怪的是，宋每次聊完都会删她的聊天框。而且怎么说呢，宋这段时间整个人都很古怪，就是一个男人突然有了秘密的情形。"

"世界上本来就没有透明之处，连水母都有秘密。"我开玩笑说。

"不，真的不是我多疑。女人的直觉在于对变化的感知，有时候根本不需要实际证据。"小羚突然想起什么似的，激动地说，"对了，我发现宋最近一直说谎，比如周六他说要加班，可是我和他同事聊起，同事说根本没见过他去。"

"你问宋了吗?他怎么说?"我忙追问。

"他说在客户单位加班。"小羚说。

"那不就行了,你需要解释,他也给了你解释,你还有什么不满意的?"话一说出口,我才发现自己有点反应过激,因为那周我恰好和宋在一起。

"但这种事情从来没有过,根本不可能,你说他……"

"你要不要下去看看他们在干吗?"我提议。

"我不想管他,不然就是向那个女人示弱,她该有多得意啊。"小羚说。为了逃避问题,她决定先去洗澡。

等我洗完澡回去,发现宋正在隔壁书房的沙发上铺床。书房整体由红褐配色,我用指甲轻轻剥了一下书柜的表皮,看似精贵的木料上留下一道淡淡刮痕。书柜里错落散着摆件,莫迪里阿尼式的长脸塑像、大小不一的象、几张面具。各类社科书籍叠在架子上,最早的版本能追溯到1980年代,还有一些畅销小说。别墅主人精心布置了房间,接着把它租出去供他人走马观花。

"怎么,打算通宵学习?"我调侃道。

"你们两个睡房间。"宋说,他扫了一眼我的和服睡衣,想评价而欲言又止,但很快他进入一个优先级更高的话题。"我不知道她为什么这么生气,我又没做什么。"

"很明显,你爱上了那一个。"我尽量用毫不在意的口气,想加点轻蔑,但表现出来却没那么成功。

"谁?七仔?你也这么想?"宋突然变得很生气。

"我从来没见你这么笨拙过。"我说。

"我一点都不爱她,只是想给她一个教训。"

"你占有不了她,就想当她的老师,占有她的思想。那些说教太愚蠢了,我简直看不下去。"我的情绪开始失控,离最初预设的不在意更远了。既然话说到这份上,我只能接下去说,"你时刻关注着她,难道小羚看不出来了吗?我甚至在想,你这种强行抬杠是不是在泄愤。你已经有女朋友了,正是道德束缚了你和七仔发展下去,所以你焦虑、暴躁,还用道德去打击对方,其实这只是你对自己无能的一种报复。"

我不想看到宋的反应,说完便转身走上露台。与短暂胜利同时扑来的是内疚,或许我对宋太刻薄,换作平时我不会这样,通常我乐意为人们的虚荣幻想留一份得体的沉默。

此时,露台上只有我一个人,周围的楼更显得稀疏旷远。静阒之中,星星仿佛拥有了自我意识,缓慢地向内拧成带状。我目光一刻也无法从这幅黑夜图景上移开,神秘、荒诞,闪烁似此起彼伏的银针。我想象某颗遥远的星球上,另一种生物正在考量这片别墅区,它无限放大地图,直到视野限定在我所站立的位置。它会因我而微微迷惑吗?

忽然之间，一种很久以前曾有过的念头又弥漫上来。也许人类天生具有一种奴性：想为永恒服务。所以很长一段时间，神得到了信任，人们愿意信任任何超于人类测量能力的存在。所有人都想通过成为永恒的奴隶而接近永恒，因为即使被永恒消耗，也胜于日日对自己无法抵达永恒的反复确认。

十二点时，我们在大厅里互道"新年快乐"。酒杯、欢笑、各式各样的浴袍，一切都是道具，而这个布置道具的过程称为祈福。此刻，观战时的紧张如一根被抽掉的神经，我们忽然松懈下来，不约而同感到困倦。其他人似乎也就疲惫达成默契，在那对夫妻告退回卧室后，我和小羚也上了楼。我最后向宋瞪去一眼时，他正在犹豫是否要跟上来。

关灯以后，眼睛渐渐适应暗，房间里的黑也有了棱角。小羚辗转反侧，最后久久保持着仰躺的姿势。我和小羚都未开口，但我们知道对方并未睡着。现在是 21 世纪 20 年代的第一天，我们凑巧分享着同样的视角，我盯着窗帘的扣环不放，思忖它在有光线时会是什么颜色。有一瞬间，我想到了女儿，不知道她在家里是否哭闹。

"你还记得中学时我们都很喜欢的那个男孩吗？"小羚突然问我。

"哪个？"

"篮球打得很好,喜欢麦迪的……"

"太久了,我都不记得了。"

我像掐断一通骚扰电话般止住了她的话。我当然记得,我至今记得那个男孩的很多细节,他低头的模样、他从操场上回来时身上日光的气味。当时,我们都为他着迷,小羚背着我和他谈过两个月恋爱,最后以撞破男孩和新欢逛超市告终。我一度和小羚绝交,因为她利用我接近那个男孩还背叛了我。在共同的失败促使我们和好之后,小羚曾试图道歉,但我总装作早已忘记了这件事——如果你忘记了一个人对你造成过的伤害,她就永远失去了获得原谅的机会。

"我在想,如果宋真的要出轨的话,我只愿意他的对象是你。"小羚说。

"他应该不会出轨,他是一个有正义感的人,这你看得出。"我说。

"我是说如果……"

"等他真的这么做了,你就不会这样想了。"我想了想说,"人生有那么多不确定性啊,预设都是想当然的。"

"也许吧,我也不知道。但如果是和你的话,事情就好接受得多,我还是会和他结婚的。"小羚轻声笑起来,那种笑声似乎伴随一阵晕船似的晃动,有些不真实。

不知出于什么原因,我忽然认定此时躺在这里的应该是宋，而不是我。我向小羚提议，让宋来睡房间，我去睡沙发，他们或能由此化解僵持的局面。小羚起初不同意，睡沙发的冷遇应当由犯错的人承担。我不得不增加理由，说这样可以避免七仔半夜去敲宋的门。小羚沉默片刻，作出一个令人惊讶的决定——我们三个人一起睡床，小羚睡中间。

小羚很快带回了宋，两个人悄无声息，直到床猛地下沉。我想起一个遥远的谣言，关于最初人类对世界的认识，即世界建立在一块不断下落的乌龟壳背上。这次小羚迅速入睡，轻微的鼾声和着夜空中隐秘的波纹。

不知过了多久，小羚突然起来，跨过睡在外侧的宋的身体——或许往洗手间去，大量的酒水在半夜寻求一个交代。我察觉宋也醒着，我们陷在床上像两条不知所措的鲤鱼，中间有一条沟壑的影子，散发着小羚淡淡的气味。

"我们会永远都是朋友吗？"我转向他，知道他已做好了准备，轻声问。

"当然。"他也轻轻回应，似乎在吹一根孔雀羽毛。

我们接吻，足够缓慢但不乏效率，某种摇摇欲坠的东西正在得到加固。

又是共谋，一条晦暗的纽带使我们无法分开。怀藏一个秘密，就像孵化有一颗物种未卜的蛋。它将我区别于周围的人，独属的痛苦、窃喜，使我以无人知晓的方式暗示改变。秘密是我舍不得解决的那个问题,是深知好景难长的朋友。在无人之境,永远有一道凛冽的光,提醒我:我所否认的,才是真相。

临近黎明时,梦以一种异乎寻常的方式降临在我身上。我似乎半睡半醒,不过现实世界对我而言只是一种潜意识,我的形体完全被梦承载。似乎在观看一出沉浸式戏剧,能辨别当下经历的虚假性,但又是不容置疑的存在。

在梦里,我接到丈夫电话,让我去一个剧院看法国歌剧。我正在家里,好像因为要寻找某个物件坐立不安,我的打扮很难看(我有些生气,因为他事先没跟我讲过,另一半清醒的我在分析对方是谁,会不会是别有用心的人冒充我丈夫)。我借口说头疼,不想出门,但他坚持要我去,说这是一个惊喜,我一定会去的(他好像对我了如指掌)。我花了很长时间在打扮上,不知为何,臃肿丑陋的面目并未得到改善。尽管如此,我最后还是出门了。我叫上一辆三轮车(为什么是三轮车?而且我中途一直担心自己没有带钱)。等我抵达剧场,守门人指责我迟到,说我丈夫已经走了。我等第一场结束入座,却在前排看见了一个熟悉的老太太,她太老了,像一个挂着一张人皮的衣架(很多年前,父母因为工作繁忙,把我寄养在这个老太太家里长达三年。她的房子位于弄堂深处,狭窄、潮湿,她比很多人晚用上冰箱。尽管每年都在涨价,但母亲付给她的钱始终不算多，我常对她抱有一种歉意）。我被一阵惊慌攥紧，多年未见，她还活着，一如既往从我体内汲取歉意。我跑出剧院，想到附近的超市买些生活用品送给她。店员穿着白色大褂，口罩使他们的脸只剩下模糊轮廓，我指着空荡荡的货柜问东西都在哪里。"茶叶，只有茶叶。"一种疑似苏南地区的方言，尖细利落，像一段拐棍形状的糖被一次次折断（到底是江苏哪里呢？我有什么熟人在江苏某个地方吗？）。

我也许是整栋别墅里第一个醒的，早晨六点多，天空还没有彻底拢满光。手机提示着一条条未读信息，多是群发的拜年消息，发送者向世界辐射一种无需成本的好意。我的丈夫音信全无，也没有更新社交状态，也许他又一次顺理成章喝断片，庆典意味着限量的自由。我给他发了一条"新年快乐"。

我再次爬上露台，装饰灯缠在远处，已失色不少，好像只是油画上散落的一把铆钉，使人更想擦去它而非观赏。四面一派荒凉寂静，渐临的白日不但没有隐藏这一点，反而为此提供支持。在建成别墅区之前，这里曾经是墓地吗？雾在消逝，但清晰也意味着更多杂乱无章的线索被呈现，迷宫的走向愈发离奇。

五分钟以后，我离开了这栋别墅。

新年假期后的第一个周,七仔约我去看一个叫"银化"的艺术展。起源是一句美国诗句"Nothing gold can stay(美好事物难以久存)",艺术家则倡议"Then let's be silver(那么,让我们银化)"。我对展览有些兴趣,在社交网络也见过局部相片,但考虑到我和七仔不熟,她在朋友间的口碑甚至不强于一根蚀锈的铜管,我便推诿说工作很忙。又隔几天,她约我晚饭。我事前未和家里打过招呼,只好再次生硬地拒绝。

不久后的一个下午,天晴得像一块发光的香皂。宋约我去附近咖啡馆,我正为突兀的邀约而疑惑,远远看见宋和七仔沿窗坐着。七仔如敏捷的钓手瞄准了我,向我挥手。我只好打消逃跑的念头,故作镇定,坐到他们旁边。宋说整点有一个电话会议,稍坐了一会儿就匆匆回公司。

七仔递给我一叠A4纸,大约十张左右——开门见山,这是她惯常的作风。我低下头,纸张有些皱,好像病房里的床单,白光叠映到我脸上。我首先注意到的是格式,小四字体、1.5倍行距,此后才反应过来,这是一篇小说。

"一个道德故事……"我念了一遍标题,标准的七仔风格。

"我想给《春风》投稿。故事很短,一刻钟就能读完。"七仔望着我,似乎确信我会当即读完,给她回应。假如真诚的要求仅是内心与表达一致,那七仔无疑属于真诚的一类。

"没想到你还写小说。"我说。到这时,我才明白此前七仔对我热情的原因。

"在法国的时候写的,写了五天。其实我大学时参加过文学社,但是你知道的,都是一群乌合之众。"七仔说。

无可奈何,我被迫进入了小说的正文。七仔的语言利落,擅用短句,几乎没有修辞。尽管和她说话的方式有所差异,仍然能感到她的个人气息。故事从一个中年女人发现丈夫出轨切入,起初着重于困境的刻画,她的生活如何受创、如何将第三者的协商电话视为羞辱。愤怒之余,女人向一位久不联系的朋友诉苦,两人相约见面,商量对策,重新建立了友谊。

"这个故事有现实原型吗?"我问。

"算是。"七仔说。

"无花果香水也是现实中的?"我一边读,意识到关于无花果气味的描写过于频繁,使行文显得忸怩。

"不是,这是一种象征手法。亚当和夏娃被逐出伊甸园的时候,身上盖的是无花果叶子。"

"我不太明白,想表达的是救赎吗?"

"哪里会有救赎,救赎只是容易自我感动的人制造的虚假奖杯而已。男人总是责怪女人引诱男人吃了苹果,但上帝造人时,女人取自男人的一根肋骨,她们只是体现了男人终究要堕落的本性。女人拒绝男人的归责，甚至要讨伐男人。无花果香水是一种暗示，是女人表达愤怒的一种方式。"七仔有些不耐烦，语速一下子加快起来。

"女性主义。"我评价道。

"完全不是。"七仔稍加停顿，又说，"我写得很认真，你读完之前，先不要和我说话。"

我只得继续沉入文本。出人意料的是，女人从出轨事件中享受到各种好处。她原本受蔽于家庭，现在拥有了一个崭新的"受害者"角色，她利用这一点重新进入社交圈，赢得每个朋友的怜悯、喜爱、谦让、安慰。她要做的，不过是传播事件，配以适当的情感渲染，便让和丈夫出轨的女人活在舆论压力之下。如果她此时和丈夫离婚，财产分割时能得到优势，但她偏不那样选择，因为维持婚姻能让她所得更多。归根结底，这是一个处心积虑的复仇故事。视角算得上新奇，达到了我们杂志送审的标准，但我不愿意立刻把结论告诉七仔。

"这篇小说最大的问题就是，女人除了愤怒以外没有别的情感。"我在两个断句之间留出一段沉默，故作慎重，像要宣布某个比赛的获奖名单。

"不然呢，还需要什么情感？"七仔发问。我递给她一支蓝莓爆珠烟，她以一个下压的手势拒绝了。

"一个女人刚发现丈夫出轨时，多少会感到痛苦。当她在社交场合表演'受害'的时候,当她每获得一些'成功',她脑中应当会闪回——比如蜜月沙滩上的蚌壳,生日时丈夫带回来的白玫瑰,每一次争吵和好后新的依赖、甚至虚无……种种细节,那些历史复现的时刻,恰是她最具痛苦的瞬间。她至少会伤心……"

"她当然不会伤心!"七仔立刻反驳我,"伤心只是表面的东西,假如有,也是做给别人看的。婚姻到那个阶段,她不会再感情用事了。她自视为家庭付出许多,这个过程把一切感性都消磨了,最后只剩下责任和惯性。基于契约精神,她也要求丈夫付出同等的东西,以维持家庭这台机器的运转——所以当丈夫渎职时,她非常愤怒。你明白吗,情感不是一次性丢掉的,而是每次失望后一点点腐蚀的,到最后她会看淡,然后只做对自己有利的事。"

"婚姻需要一点实际,但全盘实际也是不可能的。"我冲她笑,在我喝咖啡之际,想必她已看见我的婚戒,是我和丈夫在仙本那旅行时买的。

"我不这么想,能长久维持的婚姻必然是实际的,彻彻底底的那种,至少最后会变成那样。"七仔耸肩,不屑一顾的样子,"我不想和你讨论这个。信与不信的人没有共同立场,只是各执己见,互相攻击"。

"你没有参与过婚姻,怎么敢轻易下结论?"我说。

"我说过了,这篇小说写的是真实事情。女主角的原型——和你一样,是个自诩道德、正义的女人,我一看就知道。"七仔不怀好意地笑起来,但我竟并无受冒犯的感觉,也许因为她道德方面的冷漠让我有安全感,她几乎不做价值判断。

"上次你也提了'道德',如果你真的不在乎,何必对它那么敏感。"

"是它一直在追赶我。我有时候搞不懂到底谁才是罪魁祸首,是'道德'驾驭了愚蠢的人群,号令他们攻击我;还是人的恶毒占有了'道德',把'道德'当作丢向坏女人的鸡蛋。不管怎么说,结果一样可耻。道德这种东西究竟是怎么来的?我自己猜想,它可能来自一个远古的统治者——也可能不止一个,一代又一代,他们都非常聪明,设置了这样一种具有思想警察功能的品质,用来摒弃人的自由天性。它首先让我们自查,其次互相监督。"

"你忽略了一个问题。"我把她的稿件拢为一叠,放在旁边,正视她说,"假如每个人都保持所谓的天性,那人们之间必定会发生激烈的利益冲突。反之,如果遵从道德,才有可能以稳定的状态推动文明进步,把精力放在集体性的事业上。从这个角度来说,道德是不可或缺的。"

"如果你非要这么说,那有个问题很关键:谁来定义道德的边界?如果你驾驶一辆卡车,左拐会撞死一只猫,直行会撞一个行人,右拐会撞一辆可能有人在内的小面包车,你会怎么选？其他人会怎么选？每个人都有自己的选择，你们遵从的是同一种道德吗？就我所见，谈论道德的人都居心叵测，而捍卫道德的手段没一种是道德的！"七仔一口气喝完咖啡，又要了第二杯美式。

"有一点我们要达成一致：人都渴望获利，这没什么好否认的。有些人选择相对道德的方式，至少会做得更体面。"我指了指她的小说，"在你的小说里，那个女人确实为家庭付出很多，从未越轨，这才是人们愿意同情、信任她的理由。"

"你说得对。人们情愿被一个看似正义的人欺骗，而不是看上去邪恶的。"七仔颧骨单薄，此时微微上推，挂住一个娴熟的讥笑。

"照你的标准，你自己算正义还是邪恶？"我问。

"这不重要。我欣赏的是实际，只想当个实际的人。"她似乎看穿了我的意图，又说，"不过说到底，我太缺乏幽默感了，所以我和人总是相处不好。"

"哪里，你明明很受欢迎。我们在别墅跨年的时候，那个叫岩的男孩显然很爱你。"回溯前几日，我慢慢想起诗人一般的岩，躁郁、情绪化，有时对未能掌控的事物具有毁灭欲，却不具备真正的战斗能力。即使没听到他们楼梯上的对话，岩的心意也很明显。

"哦，他只是胜负心强。"七仔颇为不屑，"何况我对这个类型没兴趣。"

"我好像能理解。另外我猜,这篇小说里写的,是你自己的事情?"读小说时,我就有这样一种直觉。

七仔皱起眉,目光平视我右侧的某个散点。在她沉默之际,我才注意到她今日的装扮:阴影打得很粗糙,以至脸颊内削,两侧戴了复古圆耳环,往下是柔软的灰色高领连衣裙。她静止时如一座古典雕塑,严肃端正,具有一种微妙的神秘感。片刻,她承认了自己是小说中的第三者:"他是我唯一考虑过结婚的对象,但……很不顺利,那个女人不肯离婚,还威胁到了他的社交关系和事业。他只好把我送到法国,说三年里会解决家里的事。在我出国半年后,我们就几乎没联系了。回忆变得很不真实,像看过的一场长电影,我甚至记不清他的模样。后来我想,他早就知道感情经不起分离的考验,他真正想解决的可能是我,但这都是后知后觉了。话说回来,小说和现实还不是不同的,写小说时,我尽量保证客观的立场,只是呈现那些真实的东西,剔除感性成分,也不做评判。"

"但你还是评判了,视角就是立场,即使语言上没有表态。"我说,"小说很特别,我会送审试试的。"

"谢谢你……李老师。"七仔稍一迟疑,加上了对我的称呼,好像突然想起来我是谁似的。"虽然是初次写作,但它应该是高于《春风》杂志平均水平的。这次发表对我而言很重要,顺利的话,我会继续写其他经历,说不定以后能出一套'情感教育'系列。请李老师一定多多推荐,发表了我请你吃饭。"

"恕我好奇,你一直有很多亲密关系吗?"我已经得知七仔是个哲学家,乐于回答任何抛给她的问题,便不顾是否冒犯。

"那不是我想要的,但有些交换是必须的。该怎么说呢,我确实有很多欲望,物质的、精神的,享受被爱本身就是其中一种,但那些欲望都不是自发的。我从十几岁起,就只有一个真正的欲望:构建尽可能多而广泛的欲望,用来克服虚无。"

"我理解。然而,就像你对'好女人'抱有猜测性的偏见一样,你的逻辑在我看来同样是可疑的——我并不是指责你,只是向你指出它的圆滑之处。在旁观者看来,你不断地从各种关系中获得实际利益,而精神上的困扰无从辨析。他们凭什么相信你不是滥用借口?"我紧盯对方,试图与她同样严肃。

"我不需要相信。"七仔笑了,好像这是不言自明的,"很长一段时间,我试图寻求任何可能永恒的东西,结果发现,人的思维受到各种观念的禁锢。道德、礼仪、责任……这类东西归纳了人类的局限,叫人安分守己,逼人接受平庸与浅薄。人们明明可以走得更远一些,但他们远走的意图被阉割了。"

我忽然失去了辩论的雄心,过于宏大的辩题只能引发沉默。我低头看了一眼时间,三点过半,阳光褪成一层软金。

"如果你是想说,人应该尽可能真诚面对自己,那么我同意。"我说。

"你问了那么多,我也想问你一个问题。在婚姻中,你有过什么不道德的时刻?"七仔狡黠地望着我。

"从来没有过。"我想了想,告诉她,"我一直是竭力付出的那一方。"

"你别怪我这么问。我只是注意到,我们跨年的那一天,你一晚上似乎和丈夫没什么联系,整点时也没有任何电话,似乎很冷淡。"七仔说。

"你也太小看婚姻了,你再聪明也不会明白自己没经历过的事情。我丈夫不必给我打电话,他通宵后第一时间开车来丰台接我回去。"为了更有说服力,我甚至编造了一些谎言,但我尽量把这些说得很真诚——其实我很早就发现,我具有一种乔装真诚的能力。

"你记不记得,那天还有一对夫妻?"七仔突然说起那一对恩爱而模糊的形象。

"没什么印象了,他们除了自己说个不停,都没怎么跟我们讲话。他们到底干了些什么?"

"我也没印象,他们好像什么都没干。"七仔摇头。

我们相视而笑,好像这微不足道的共识,使我们有机会站在同一个阵营里。我们分别举起瓷杯,将剩余的咖啡一饮而尽,仿佛那是不可浪费的酒。杯底光滑的瓷面慢慢露出来,白色,从新月到满月,薄薄的咖啡渣颠在一侧。这几乎是我们相识以来最放松的时刻。

我和七仔在咖啡馆门口告别,她再三叮嘱我尽快送审。我替她指了地铁站的方向,她点头,又夸我的围巾好看。冬日下午,路上各种元素浸没在一种灰色调子里,却好像听见了鸟鸣——清脆的,像细枝参差断裂的声音。

我还不想回办公室,就沿着十字路口折转,往稍远的一条静路去。回想我和七仔漫长而无意义的辩驳,它们本可以不必存在,因为我们绝无说服对方的可能,争论所能抵达的层次也很有限。而最重要的一个原因是,我们是同一种人——尽管我们看似在讨论道德,实际上从来不会内疚,没有一种道德能真正激起我们的羞耻心。从某个角度而言,七仔比我更真诚,至少她不像我这样,内心对自己的立场无动于衷。

然而,即使如此,我仍然在到处寻找一种强烈的审判力量。我希望有人能站在楼梯最高一格,以千斤重压俯视我,吹灭我一生中有意无意获得的光芒。我抬不起头,也没有额外精力再逃跑,所有谎言、借口、搪塞都不再奏效。我只能跪在他脚下,凭铁刃割开我的颅骨,一支支针尖刺透我的皮肤,肮脏的黏液将人淹没。我愿意承认每一件最平凡的事为罪恶,让一贯平稳的心生灵涂炭,敛收尖叫以抵达克制的极限,耳鸣协调暴雨将至前的雷电如一首赋格曲。到时候,我将体悟一种足以消解孤独、并反证自我存在的剧烈痛苦,而非日常愿望不能满足时的焦虑、愤怒与失望。

把我唤醒的是一通来自小羚的电话。有时我不知道自我的边界在哪里,反倒是一些社会关系定位了我。

小羚听起来很高兴,喂,你下班了吗?我说,哪有那么早,怎么了。小羚说,突然想到的,下个礼拜帮我一起看婚纱好吗?一套出门纱,一套中式敬酒纱,还想要一件鱼尾的,颜色最好淡一些。你觉得呢?我说,心情这么好,你们和好了啊。小羚说,我们昨天好好聊了一次,宋发誓从来没有出轨过,你能相信吗,他这样的人也会发誓。其实我也觉得自己无理取闹,对很多事太紧张,宽容一点就好了。我说,不错啊,要结婚的女人变聪明了。小羚不禁笑起来,猛地沉默,问,我们认识多久了?我一下子算不上来,因为实在认识太久了。我说,好多年了吧,都有点忘了。小羚说,是吧,下周日见。

放下电话,我总觉得哪里很蹊跷,却说不上来。我盘算现阶段已经拥有的东西，我也不知道为什么要这样做：丈夫，女儿，一份可能要做很久的工作，一些几乎不再新增的朋友，一笔虽然巨额却还不构成压力的房贷，还有房子里精挑细选的物质。当我努力用思维贴近这些东西时，它们突然呈现出一种前所未有的陌生。

　　我给丈夫打了个电话，想靠他的声音将我拉回更准确的现实，但他没有接。我点开他的社交页面，已经设置成"仅展示三天内容"，空荡荡一片。我想起我们初识时，他并非如此，每天有许多信息要分享。对我也是，总喋喋不休，仿佛与我无关的每一刻都意义全无，可从前的那个男人早就消失了。人与人之间的关联，似乎永远不存在真正的结论。在千变万化的立场转化中，或许我们只能握住一把遥远星辰的碎屑。

猎 龙

1

当然,鸡公煲比钻石更加恒久远。我们分手四年,早就跑出了钻石的射程,却还能心平气和地坐在店里吃鸡公煲。七点整,锅里只剩糊烂的辣椒,一片食欲轰炸过后的废墟。旁边不断有人进出,门上风铃比怒火中烧的女人更聒噪。我们叫了啤酒,两瓶以后又加了一次,偶尔四处张望,每个人看上去都疲倦不堪,城市感染了软骨病。

宋双杰叫我时,我正在翻手机里的新闻。美国圣地亚哥动物园宣布,两只大熊猫因租期到了将还给中国,美国网友得知后悲痛欲绝。这让我心生羡慕,生活无忧的人可以为无关紧要的事悲痛。我以前时常看着银行卡余额悲痛欲绝,现在进化了,看什么都只觉得好笑。照这样发展下去,未来世界将充满快乐得飘起来的人形风筝,粉红色,错落穿插于云层。要是有信教的外星人路过,会以为误打误撞看见了天堂。

宋双杰问我,接完几个亿的业务了?

我放下手机,抬头说,没,在看大家参加大熊猫的葬礼。

宋双杰说,哦,现在的人都不用上班的吗?

我说,倒也不是真死了。

宋双杰捏了一下玻璃杯,一部分杯壁上的水珠被手印化解。啤酒露出来,如暴雨后浮现一条麦芽黄的溪流。在上升过程中,泡沫历经一次微弱的膨胀,最后像一个个微不足道的花环套向死亡。鸡公煲残羹表面已结起油,物体比我们更擅长承载流逝的时光。

宋双杰说,我有重要的事情和你说。

我说,你直说就行了,难道还提前给我发个会议通知?

宋双杰坐着,吞吞吐吐。如果现在是冬天,口中的一道道白雾将使他像一台喷气机,但此刻时节不同,人人受制于暑气,各种粒子更迅速地背道而驰,事物发展激烈而迅速。在拖延带来的尴尬彻底笼罩我们之前,宋双杰终于说,我打算结婚了。

我一愣,鬼使神差地问出来,和我吗?

他笑起来,松了一口气似的。一个玩笑,或者一种无节制的幽默，保障我们不至于从这段古怪的关系中沉下去。我们曾有过一段恋情，它在第六年无疾而终。分手以后，我们偶尔见面，双方从未提过新的感情。为了扮演一种自认体面的角色，我们假装所有的爱情之柴都已在那六年中烧尽，假装新欢无法踏入禁地，剩余的人生不过是往日的一种回响。

有一年秋天，郊区新开了一个游乐场。当时我和宋双杰在附近的学校读书，花三十块打黑车过去。我们买半价的夜场票，进场时已黄昏。整个游乐场都懈怠了，两个扮恐龙的人脱下头套，坐在掉漆的绿色长椅上抽烟。我们绕一个钟楼广场走，十五分钟后，天空暗黄的罩纱撕裂，成串彩灯亮起来。在众多搔首弄姿的游艺铺子中，我们选了一个射气球的。守铺女孩看上去比我们更年轻，漫不经心地收下钱，递气枪给宋双杰，全程眼睛只盯着自己的手机。宋双杰刚举起枪，我突发奇想对他说，你要是射中六个以上，就向我求婚吧。他说，好啊。结果他只射中五个，既没达到领奖品的标准，也不能求婚。我说，你是不是故意的？他说，没，我运气一直不好。我说，运气都用来找我了，要不你还是求婚吧。他说，嫁给我行吗？我说，这也太敷衍了，铺垫都没有，重来。他说，今天天气真好，嫁给我吧。我仰头朝远处望，絮状黑夜浮于半空，一小部分被游乐场的灯火烫伤。我没法反驳天气不好，等我的目光落回他身上时,我也忘记了反驳这件事。我说,你看见没有,刚才那女孩手臂上纹了彩色气球,颜色齐全,除了绿色。我们沉默着又走了几步路,他忽然说,下次我会认真求婚的,你等着。

那一天并未到来,我也没有真的在等。只是后来我明白过来,凡以"下次"开头的约定,多半是托词。

我问他,你怎么想到结婚的?

宋双杰说,没什么特别的。要是不行,大不了以后再离婚。

我故做深沉地摇头,说,草率!结婚又不是打电话,话讲没了就挂掉。

宋双杰伸出一根筷子,搅拌锅里的油糊,像个顽劣的学龄前儿童,或一个冷漠的男巫。很久以后,他抬起头说,我在想,我们当时都那样了,还是没结婚,我真的不知道为什么。

我刚想问他,什么意思,我们到底哪样了?手机屏幕被一个电话点亮,我顺手接起来,听见陆乙急躁的声音。宋双杰紧紧盯着我,我也看着他,我想起以前他说我不笑时很凶。我朝着听筒讲话,简练地,好像只是条件反射:"好的。""不会,谁每次都迟到了。""他今天要来?叫他带上望远镜。""我也听说了,这到底是真的还是假的?""不需要,但你们可以点。""一会儿见。"

放下电话,我告诉宋双杰,我得走了。

他说,你事真多。

我说,我最近在帮朋友写一个舞台剧,叫《猎龙》。导演不满意,约了七点半过去边排练边改。

宋双杰说不上话来,二氧化碳卡在他的喉咙口。我抓着包就走,到门口忍不住折返回去对他说,你结婚千万别叫我,我不想浪费红包。

宋双杰说,本来也没准备叫你,就是跟你说一声。

2

假如真的在回忆中翻箱倒柜,恐怕没法指出具体哪一个阶段算好,但我们的确有过一段好日子。恋情终结以后,我试图用各种形式回想它。以颜色来定义,它是绿色。在善恶方面具有非常模糊的指向性,失去这种视色后,回望中才发现它的体贴。以气候来定义,它是一场夜半暴雨。从前我们热衷于打游戏,夜夜在网吧通宵。通常是夏日午夜,我下楼买宵夜,撞见一瓢瓢激烈的雨。便利店冒绿光的招牌竖在我头顶,我靠墙而站,看着雨。不知过了多久,我回到网吧,把冷掉的盒饭推到宋双杰面前。宋双杰一手吃饭，另一只手在键盘上飞速操作。我在旁边吹嘘他打得好，明知与客观事实不符，那种赞美仍然真诚，爱能容纳自相矛盾。窗外的暴雨无人问津，天亮以前，雨水必会从地上蒸发，没有人知道它曾这样歇斯底里地存在过。如果当时有人问起我，我会认真复述一遍看雨的感受，只是从来没人问过。以金属来定义，它是铁。一个北方的朋友曾告诉我，大雪天用舌头舔铁，舌头很快会黏在铁块上。那种触感很神秘，说不清是刺骨冰冷，还是紧贴着滚烫的熔岩。

很多年前的冬天，我们在一辆长途大巴里看铁。那时我叫他"双儿"，怎么称呼并不重要，但每一个称谓都代表了一种不可替代、不可逆转的身份。我说，你快看，这里到处都是锈迹。他顺从地往窗框扫了一眼，说，那你想怎么样，我和你换个位子？我说，不用，我就跟你说说。路途遥远，光裸的树在公路两侧拉出两条长线。我们昏睡了几场，醒来时冬日还在车外肆无忌惮地蜿蜒。

我们的目的地是江苏一个村镇结合的地方，载居了宋双杰父系旁支的亲戚。那一年，他父亲在当地和人合伙开了一间浴室。他父母离异，各不相关。春节无处可过，就背上一台电脑，带我投奔他的父亲。

直到跳下长途车，我才意识到自己的憧憬有些多余。这个地方白茫茫一片，周围没有娱乐设施，唯偃旗息鼓的杂草在路边伸出一两枝。进村庄的路是一座木板搭成的桥，严冬令桥下流水止息，透过冻结的水面，还可以看见封在冰里的食品包装纸和塑料瓶子，像一大块肮脏的琥珀。村中的房子大多两层左右，色彩在白与奶黄之间摇摆不定，偶有一两幢红粉砖砌成的房屋，反而显出一股庸俗。难堪的并非荒凉破敝，而是在矫饰恶劣环境时所暴露的求而不得。

宋双杰的父亲宿醉未醒，一个女人把我们引荐给房子里的人们。她叫一声，我们跟着叫一声，叫完立刻把这些人忘得一干二净。房子里还住着两条土狗，名字都属"旺"字辈，平时神出鬼没，一到吃饭时就在桌边徘徊。乡下亲戚很多，常要分批吃饭，我和宋双杰总是轮到单独吃饭。热腾腾的肉躺在碗里，吃了几天我摸到了规律，无需动筷就知道它们能咸死一只猫。土狗绕着我们转圈，我们常冲它们讲一些无厘头的话，旺财，你有没有喝过旺仔牛奶？或者，母狗和红烧肉掉进河里，你先救谁呢？

整整两个星期，我们都住在二楼北面的房间里，没有热水淋浴，没有网络。这里一无所有，网吧与超市都在镇上，步行大约四十分钟，可我们拗不过刺痛得让人毁容的风，也拗不过自身的懒惰。在小房间里，无聊迫使我们不断讲话，疲倦了便打开电脑。宋双杰一遍遍地通关超级玛丽，而我没有掌控游戏的技巧和野心，只是躺在他边上，看着屏幕中上蹿下跳的水管工。第八关相对而言最难，砖块会像龙一样不可测地扭动。宋双杰在此处失败多次，愤愤合上电脑，问我，我们到底为什么来这里？我说，这里很好，我觉得挺开心的。他说，你是不是缺心眼，去哪里都开心？我一时不知道怎么接，就随口说，去布加勒斯特不开心。他说，你去过布加勒斯特了？我说，没，你怎么说得好像你知道布加勒斯特是哪里一样。他说，我不知道。我说，是罗马尼亚的首都。他说，我不想知道。

我们基本上没和他父亲见过几面，倒是他的小伯伯常开摩托带我们出去。在一个特别冷的早晨，我们被强行塞进一辆开往湖州的巴士。小伯伯坐在我们前排，穿一身紫红，宛如导游插在杆上的一面旗帜。我靠在宋双杰肩上，颠簸使我们一次次分离。我恍惚地望着车顶，思忖自己究竟想要什么。也许我活在世界上只是为了配合别人，反省并未改善这种状况，反而让我学会说服自己，以便在配合别人时也能满心欢喜。

我们在湖州经历了一场漫长的徒步，小伯伯声称带我们去南浔古镇，沿墙绕了一大圈，一路讲一些疑似杜撰的介绍。野长椅上留下我们休息的痕迹，我们站起来，启动程序似的牵上手，打算继续前行。小伯伯却阻止我们说，外面看看就好了，再进去要收钱的。我问，要多少钱呢？宋双杰摆手说，那算了。我们又往前走了一点，扒着铁栅栏端详一阵湖面。小伯伯得意地说,里面也没什么好看,在这里看一样的。

往回走的路上,小伯伯不顾红绿灯穿过马路,去买烤肠和烤玉米。我和宋双杰停驻在一棵女贞树下,聒噪的枝叶时刻向我们提示风的动静。花花绿绿的招牌在前方连成一串,除了烧烤摊,还有"虞美人花店""驾校招生""永旺果业","永"字上黄色的点不知何时剥落了。摩托车懒散地停在每家店门口,大小不一的垃圾桶也竞相呈现,正对面的路牌显示的是460号。对街同样插了一排女贞树,间距3.5米左右,有人在树干上刷了两道银白色的油漆。我对宋双杰说,我永远不会忘记这个场景的。宋双杰说,你别犯傻了。

我们赶在黄昏降落以前找到车站,一整天没什么太阳,薄暮中的云也烧不出彩色。汽车穿过公路与小道,蓦地钻进一片干瘪的桦林。树干暗暗地闪着白,枝条轻刮车顶。时光在此刻加速,天色愈发迷离,仿佛随时有熊从深幽之处钻出来。我吓了一跳,想叫宋双杰看,却发现他已经睡着了。

我翻出手机,读完仅有的两三条消息,其中一条是一个编辑发来的,问我,人在哪里,稿子呢?我回复说,老师好,下周再交行吗,最近陪男朋友在一个不知道什么地方。编辑很快回复说,你对他真好,可以考虑写一个长篇小说，就叫《陪男朋友在不知道什么地方》。往后的很多年里，编辑一直建议我写这样一本书，言谈之中透露一种过来人先知般的紧迫感。他说，现在还不写，再下去就写不出那种感觉了。为了顺利终结对话，每次我都假意答应，但深知自己写不出那样的小说。我会避免任何分享的可能性，以秘密的形式成全它的珍贵。而正是秘密，使一个人的人生有别于周围的人，让他得以在芸芸众生的阴影里暗中变化。

雪悄无声息地落了下来，晚些时候我们注意到它，雪势已经铺天盖地。深夜里，我们重新套上不怎么合体的外套，钻进积雪累累的院子。我们常年住在上海，几乎不曾见过汹涌的雪，那冷白晶体对地面的攻击令我们兴奋。宋双杰说，做个雪人吧。那时雪积得大约有指甲盖厚度，细雪被我们越揉越阔，形成一颗更紧实的团。我们在雪地中奔忙了近一个小时，总算弄出一点雪人的模样。胡萝卜、煤炭、扫帚、红帽子，所谓常规的装饰物，我们一样都没有。即便只是受人摆布的雪人，它的寒酸也不免让人心疼。于是，我发挥出对细节的想象，竭力塑出凹陷的怒目，又在它头上装了一对冰雕鹿角。宋双杰也不甘清闲，胡乱替它配上四只抖擞的爪子。

我们收拢了与雪人互动的架势，接踵而来的是沉默。雪簌簌跌入漆黑一片的人间，二楼的落地灯勉强莹亮，微弱地敛照半空，使雪看上去就像一粒粒固态的光。我们双手插进口袋，任凭云上信使敲击我们的躯体，一时不知所措。过了很久，宋双杰恍然大悟似的说，这根本不是雪人，这是一条龙。我说，对啊，在游戏里放技能，龙会变成骑士。宋双杰说，你生日是不是就在这几天？我说，差不多。宋双杰说，雪人就当送你的礼物。

离开院子前，我们把雪人搬到门口的雨棚下，以庇护它脆弱的躯体。我们在风雪的鼓点中潜入睡眠，某种障碍阻止空调制暖，房间冷若阴山。第二天上午，我们僵硬的肢体从梦中抽离。大雪既止，太阳仍未复岗，陆地幻化成一柄平滑的镜面，被天光落影染成一盏巨型白炽灯。我们吃完饭，出门看雪人，发现雨棚下空荡荡一片，雪人不见了。在我二十岁生日的那一天，雪人神秘地失踪了。

3

女孩在椴树下喘息，扎起的黑发耸入细白花絮之中，枝叶轻颤，好像一支交了好运的钓竿。日光成天暴烈地四面泼洒，全凭绿树施舍，她的身体不至于烧焦。男孩在前一棵树下等她，弓着背，似乎在抑制某种蓬勃而生的情绪。

男孩头顶的并非椴树，看样子是一种松树。几年前，他们买过一本植物图鉴，随手翻完以后，重新回到这个陌生的绿色世界。

女孩显露出一副惊慌的表情，好像正身处午夜博物馆，而非光天化日下的植被区。趁男孩开口之前，女孩匆忙跑到他身边，两人并排又走了一些路。以这两个人为圆心，在卫星地图上不断缩小画面，便能看到这个地方的名字：围浓猎场。猎场建在山上，占地几千公顷，海拔很高。近百种动物活跃于此，水鹿、岩羊、黄麂、华南兔、狐狸、山鸡、狗，还有各种难以区分的鸟，没有任何国家保护动物，除了禁止自相残杀，一切生物都有担当猎物的资格。

"我们到底什么时候回去？"女孩问。

"太阳落山吧，或者其他累的时候也行。"男孩说着，眯起眼睛，两颗背光的黑洞变为两条实线。

"我不是说这个，我是说……"

"哦，我已经回答过很多遍了。"男孩从口袋里摸出烟盒，他的手指粗黄，和他高尔夫球杆状的苍白外表极不匹配。"抽一支？有酸奶爆珠的。"

"最多再待三天，我一定要回去了。"女孩轻声说。

"你妈管你管得紧，是吗？这次你找的什么借口，和女同学出来旅游？"

"双儿！"女孩叫了一声男孩的名字，痛苦落在她脸上略显夸张,"醒醒,你以为现在是哪一年?我要回去上班。我跟你说过,他们很会搬弄是非,我只是个被随便拿捏的新人。和我一起回去,好好找份工作。"

"没事,等我们找到龙,你直接辞职就行了。"男孩吸烟的时候,脸颊两侧陷下去,又慢慢涨起来,像一团发酵涨大的面粉。

"我不想找了。"女孩怯怯地说。原本搭在男孩手臂上的手松落,垂在腿边。

"真的吗?你为什么有点怕我?你和那些人一样。"

"我不怕你,从来没怕过。"

"那你相信我吗?"

"信,但我必须回去上班。等我发了工资,也好给你打钱,在这个猎场生活挺贵的……"女孩犹豫地说,声音越来越小,如同九十年代流行音乐的某一种收尾方式。

"你知道,如果现在我们在打电话,我会怎么回答你吗?"男孩问。

"怎么回答?"

"我会说,喂喂,你说什么,我这儿信号不好。然后挂掉。"男孩笑了,混合着戏谑与轻视。

他们不再说话,经验让他们明白,那些微小的伤口往往能在沉默中自愈。两人的步伐没有停止过,前方没什么特别的,烈日、杂草、在凶险中探头的兔子。尽管足够以假乱真，女孩仍然分辨出来，这是一个伪猎场。猎物都是工作人员精心挑选的，布景造作得恰到好处，这里没有真正的风险，一切尽在掌控之中。它的存在，不过是为了取悦那些自以为是的、追求刺激的猎手，前提是他们愿意花钱。

途经小卖部时，他们买了旺仔牛奶。男孩一口气喝空，发现罐头上印的男孩正凝视着他，他就照着那双大眼睛狠狠捏了下去。女孩小口啜着饮料，拉环扣的铁皮刮擦她的嘴唇。她想折返回去要一根吸管，回头望了一眼，只见他们与小卖部之间已产生相当一段距离。

"我有时候会想，这里为什么还有狗。这是个破绽，你不觉得吗？"男孩问。

"对呀，太奇怪了。"女孩匆忙咽下嘴里的牛奶，回应道。

"你知道他们怎么把狗弄来的吗？"

"去偷？"

"其实有人专门抓狗的。他们把掺药的肉放在路边，很多狗都会去吃。到了半夜，他们逐一定点检查，用麻袋套走昏迷的狗，再把狗卖掉。我有个朋友做过这个，据说很有赚头。不知道为什么，狗的需求量大得惊人，抓多少都有人收。"男孩伸手抓了抓脖子，女孩瞥了他一眼，看到他T恤的领子已经洗出毛边了。"怎么搞的，我又口渴了……

你也喜欢狗,你喜欢狗,对吗?"

"你老是交一些奇怪的朋友……"女孩仿佛快哭了。

"狗总有一死,而且都轻于鸿毛。"

"你就没什么在乎的东西吗?"女孩问。

"别说这种傻话。在这个世界上生存太难了,还好我得到特殊眷顾,我做了那样一场好梦。我以前从不相信这种事,我成绩一般,也从没轮上过中奖,原来我的运气都在这里啊。"男孩越说越兴奋,一时停不下来。

"你跟我讲了那场梦以后,我去查了很多资料。这可能接近平行时空的概念,有一种说法是,光在通过介质时会发生折射……"女孩话没说完,就被打断了。

"你猜我什么时候注意到狗的?在梦里!我在梦里就察觉到这个问题,狗又不是野生动物,猎场里怎么会有狗呢。醒来我到处搜索,原来现实中真的有'围浓猎场'存在,而且猎物里竟然也有狗。所有的一切,都和梦中一模一样。"

"接着你梦见自己杀了一条龙,用龙鳞磨成的粉画画,得了吴道子绘画新秀奖,一举成名。从此以后,事情都顺利了……"女孩顺着男孩的话说。

"没错,杀龙的时候,天好像不怎么亮。"

"梦会成真的,既然有一部分已经成真了。"女孩悻悻地说,目光黯然失色。

"我会成名的,然后你想要什么就有什么。"男孩咧开嘴。

"但龙真的存在吗?"女孩似在自言自语,同时以叹息挟裹破碎的语词。

晚餐常吃得很简单,一来遵循网上读到的健康饮食规律,二来节省开支。他们在面包店买了一根法式长棍,够好几顿的量。女孩想用长棍敲敲男孩的头,但男孩多日未洗的油腻头发遏制了这个无意义的玩笑。面包店左边是超市,右边专门出租猎具及配件。这个区域属于生活区,商业气息大过黄昏时厨房掀起的油烟。

从面包店回住处,大约需要五分钟步行路程。他们租不起正经游客住的酒店,幸好男孩机灵,当他发现有个工作人员常年不住宿舍时,巧妙地抓住了机会。就外快而言,那个工作人员对过低的租金并不计较,只是住宿条件实在令他们失望。员工宿舍呈正方形,一人分到五个平方左右,至于淋浴、卫生设施,都在楼层尽头的公用间里。一些夜晚,女孩躺在木板床上想入非非。如果忽然有一阵大风把屋顶吹走,那这些房间看上去就是一个个格子,像某个任性巨人的玩具柜。

他们各自吃一截长棍面包,女孩用粉胡乱冲了一碗汤,蘸着吃使面包的口感稍软。

"在树上唱 Rap，猜一个字。"晚餐过后，男孩好像心情不错。

"我不太擅长这种东西。"女孩摇摇头。

"稍微动动脑筋，你不是在写小说吗，锻炼一下脑洞没坏处。"男孩推了她肩膀一下。

"今晚还要去河边吗？"女孩问。

男孩永远想出门，每在狩猎区多待一秒，遇见龙的可能性就更大一些。何况出门以后，他会暂时忘记自己在这逼仄的小房间里浪费时光，忘记他为猎龙所投资的内耗。而夜晚却是女孩的疲惫期，有两三个晚上，她没跟男孩出去，躲在房间里写一篇叫《猎龙》的小说。她带了一支自动铅，一叠 A4 纸，用最原始的方式将创作固定下来。她几乎凭一种探索的天性在写，凡写在纸上的内容，她自己都不愿意读第二遍。这天夜晚，女孩把涂满铅印的纸张整理了两次，合拢后摆上架子，转身和男孩钻进雾化的夜色之中。

"等我们有钱以后，你可以做一个全职作家。"男孩说。月光并非刻意刺探机密，但它也未免贴得太近了，将他们两人镀成苍白的游魂。

"你不想看看我在写什么吗？"女孩说。

"以后吧，肯定挺不错的，我知道你文笔好。"男孩漫不经心地说。

"你还记得那个女的吗,每天给你发很长的消息,文笔也很好。那时我们刚在一起,有一天我不小心读到了消息,她叫你'老公'。"

"你发什么神经,提这个干嘛?"

"我只是好奇……我只是想知道,你到底有没有在乎过什么东西?"

"你下午不是问过了吗?为什么每一个问题都要重复几十遍?你自己不累吗?"男孩凶恶地呼出一口气,甩开女孩独自往前走,他们之间被月光勒出的一道道阴影隔开。

"可是你没有回答啊。"女孩在他身后喊道。

一种激烈的情绪使男孩拼命往前走,没注意到他们已经抵达河岸。河面具有极韧的延展性,铺开一片好似茫茫荒野。河水呈现出一种灰绿色调,中央摇落月光,如捧着一团延绵不绝的白色火焰。月色下方,液体交织的波纹战栗着,仿佛陆地在以人们察觉不到的频率进行永恒的震动。

男孩探出头,望见河面上的照影,总觉得哪里不对劲。他又扭过头看那个被抛在身后的女孩。一整天过去了,这时他才发现她今天穿了一件白色的连衣裙。她的眼神被阴晴不定的光所感染,嘴唇微微翕张。尽管从未学过,男孩自信读懂了她的唇语。女孩说,你从来没有爱过我,哪怕相互憎恨也好,可你只是不在乎。爱到底是什么样子的?

就在这一瞬间,男孩想起了梦中一直被忽视的一个细节。

这条河在梦中出现时，并不是这副模样——波浪理应纹丝不动，低气温将它们禁锢在冰下，而月光从未获得随波变幻的机会，它是一根斜躺在光滑平面上的长针。他弄错了，全然不是此刻，梦的背景是冬天。他忽然悲观起来，在错位运行的机械中遗失一枚精细的齿轮。那个命中注定的冬天究竟什么时候才来，要等待的是半年还是十年。

"我搞错了。"男孩朝着女孩的方向低声说，如在施展一种召唤的法术。

女孩用唇语说，没关系。一块新蜕落的死皮黏在她下唇，乍看还以为是一片雪。

"如果你还想知道，字谜的谜底是'桑'。"男孩冲女孩最后说道，可他心里想的并不是这件事。玻璃在高音间碎成一条银河带，龙腾云而去，稳如不倒翁的生活也有本末倒置的一天。有时候，一个人很难弄明白真正的困境是什么。他们曾经将活力用于争吵，男孩仍然记得一次和好后，女孩吹气般把一句话推进他耳朵里：我们真的幸福吗？如今，那句话坐魔毯穿越荆棘密布的回忆之林，再度敲击他的耳膜，但他心里想的也不是这件事，不是这些无谓的分分合合。很多年前的冬天，父亲给他买了一个气球，他在回家路上弄丢了。他找了一路，清冷的街上毫无气球的踪迹，只有一个清洁工手握铲子站在雪地里。他忽然忍不住哭起来,那时候他想,那男人一定谋杀了很多雪人。

4

他们租了一间排练室,位于市中心一条小弄堂最里端。周围住一群老迈的居民,他们像几十年前拧进铁条的螺丝,如今随锈迹钉死在这里。他们未来的日子乃至死亡均可以预料,但由于活着的时间远超过我们的既存生命,他们仍然显得高深莫测。有些人夜里出门抽烟,吞吐一粒暗红色的火星。在黑暗一视同仁灌溉城市的时刻,他们注意到排练室门口的荧光招牌:人面剧社。

门没有上锁,我径直走进去,闻到房间里混合着快餐、蛋糕、香水、甲醛和猫的气味。他们刚排练不久,女演员正在重复台词,"醒醒,你以为现在是哪一年?"她没有依照设定扎起头发,不仅如此,她还穿着道袍般宽松的黑罩衫,戴一副眼镜。陆乙对她的表演多有不满,尽可能修饰她的瑕疵。"第二个醒字不用放重音。""还是不行,你别像个女干部一样,放松点。""还有你,别这样焦虑地盯着她看啊。她台词过完以后,你得马上接话。"演员们根据陆乙的要求一遍又一遍地表演,一边从他的脸上判断自己的得分。陆乙一度在戏剧学院当老师,他们都是他昔日的学生。

陆乙转身时看见我,就朝演员做了个手势,示意他们自己对台词。

我开玩笑地模仿女演员的腔调,你以为现在是哪一年?你到底醒没醒?

陆乙很久没理发,头发杂乱茂密,耳朵下方如缠着一圈生海胆。他说,我还真不知道,我去年写日记还会把年份写成1998年,莫名其妙。

我说,你得去看看病,现代人必需品清单里最好列进"医生"。

陆乙没有接茬,忽然转入正题说,哎,你怎么现在才来。你这故事有很多地方不行,我让人改剧本也不好改。我先跟你说最大的两个问题。第一,结尾女孩心理变化太突兀,怎么忽然就开始挑刺了?你有没有生活经验?第二,我给你捋一捋,总故事框架是这样,在一段关于猎龙的剧情里,有一个人在写一篇叫《猎龙》的小说。理论上而言,《猎龙》小说所表现的应该比外层故事更进一步,我希望有一个清晰的展开,但小说的具体内容怎么加进去,你想一想。

我说,好。

陆乙愣了一下,说,你生气了吗?其实故事也没那么不行,就是完全脱离了现实生活,更要注意戏剧逻辑。你吃过晚饭没有?

我说，那你完全搞错了。

房间一角坐着四个人，一眼望去，他们年龄的标准差太大，以至于无法推断整个群体的身份。这些人一会儿打量我和陆乙，一会儿又面朝在房间北面对戏的演员们，时而相互窃窃私语，似乎搞不清自己该做哪边的观众。

这时女演员已剥离角色。她从卫生间钻出来，脸白得更均匀，鼻子上洒了龙鳞般明灭不定的细粉。她试图甩干双手，透明液体往两边飞溅。男演员迅速递上纸巾，但她皱眉避过了。她往墙上一靠，男演员也跟着靠上去，复杂的笑撑起他的五官——复杂性在于，那好像是一种明知会获得适得其反的结果仍然会做出的牺牲。在舞台剧之外，男演员企图与女演员建立额外的联系，对方的回应不过是纹丝不动的冷漠。难以想象，当聚光灯打在他们身上时，他们披上与现实相反的戏剧角色，她曾那样热切又绝望地看着他，而他必须无动于衷。

人在当下的每一种行为，都是对一切过往经历的隐喻。即便是最荒谬的举措，也可能包裹着含有聚变力量的真实之核。那么，在矛盾重重的生活线索里，到底哪一层才是最贴近真实的真实？他还那么年轻，能浪费足够多的时间去考察一个答案；但也存在另一种可能，他会变成一个过于沮丧或奸诈的人，用孤独作为所有问题的标准答案。

我从凌乱的书桌上拓出一片空地，打开笔记本电脑，顺应灵感修改了靠近结尾的部分。在男孩拒绝看《猎龙》小说之后，增加一段对白，把心理变化补充完整。

"为什么要带我一起来？"女孩一转头，发辫变得更松散，软趴趴地耷在后脑勺。

"在我梦里就有你啊。"男孩不假思索，仿佛在讲一句情话。

"那后来呢？"女孩问。

"我都说过五百次了，后来我射下了龙，然后……"

"我不是问这个。我是问，你不是梦见很久以后的未来吗，后来我们结婚了吗？"

"结婚？"男孩吓了一跳，即使草丛里忽然跳出一具清朝僵尸，或者一大片流星碎片当即戳破他们眼前的土地，也不能让他更加不安。他的喉咙微微震动，像是吞下了什么东西，然后他解释说，"还没梦到呢"。

经陆乙要求，我把新增部分念给他听，两遍，先快后慢。他把手中奶茶喝得只剩两厘米，木薯粉搓成的颗粒堵在吸管口，使他无法吸到更多液体。于是，他放下杯子，若有所思地望向恢复排练的舞台。我问他，有什么问题吗？

陆乙缓缓摇头，好像信息经过漫长的轨道才抵达他大脑。他说，读得不错啊，声音的信息量比文字大得多。我看你挺有研究，有空跟他们说说，怎么把死的文字表演出来。

171

我说，这我和你看法不一样。一行文字排列在纸张，它其实是诡诈的，处处埋伏着陷阱。它躺在那里，等待着被滥用、被误读、被污蔑、被复杂而矛盾地解读，这种无限的可能性使它不足以被信任。而所有表演，都是对这些可能性的筛选——强化一些被表演者选中的含义，撇清其他的，这种切割行为本质上是一种虚妄的诱导……

陆乙连忙阻止我说，我没仔细听你什么意思，别瞎抬杠。要是哪里想不开，自己去游乐场坐几圈过山车就好了。

我说，准确地表达太难了，我是说这个。

陆乙说，你说了这么多，归纳起来却是一句废话。

我说，真的。我记得跟你说过，我之所以开始写小说，是为了把内心的硬块表达出来，以为以虚构形式重塑现实能让我多一点勇气，实际上并没有用。

陆乙不屑地摆手说，不是。你当时说，你是为了赚点稿费养那个男朋友。

我点头，好吧。那篇《猎龙》的小说我这个星期写出来，到时候你想办法加进剧本。

陆乙说，好好写，说不定还能发表。

我说，估计不行，现在杂志都喜欢现实主义题材的东西。一笔一画，严正深刻的那种。

在这房间里，地板处于同一平面，用来区分舞台、观众席和外场的记号是白色漆带。一个小火慢炖般的温吞午后，陆乙亲自拿滚筒刷出这些边界。当时我问他这有什么用,他回答说你以后就知道了。现在,男演员的黑鞋像一枚落在白线上的逗号,像要中止一种即将被未来证实的预言。"狗总有一死,而且都轻于鸿毛。"他该以怎样的表情说出这句台词,桀骜不驯或者冷漠?我挑起视线紧紧笼罩他,某一瞬间,我感到他也看向了我。在把台词念了三四遍以后,他幡然醒悟似的,突然笑了出来。

5

  有一天夜晚,她梦见自己的照影,因风的牵引而轻微颤动。醒来以后,她在细沙间倾躺着,忽然意识到自己真正梦见的是什么——是久未谋面的水。淡蓝的涡流敲开水面,一道遭折射的光在下方衍行,没有鱼,植物也绝迹,往下是一场空集。

  她单手摩挲脸颊,粗粝,像多次使用的砂纸。如今,她受够生活的磨损,不再是昨夜水中出现的那个人。来这里以后,除了储备的物资,他们再也没见过水。柱形火焰时常从地下喷涌出来,像一座座短暂存在的纪念碑。火柱把沙尘、啮齿类动物、古迹碎片、基岩层的石块全部抛向空中，他们曾试图在火柱退场后找一些熟食，结果发现一切都化作灰烬，反哺这欲望无尽的沙漠。他们的身体成天滚烫，她不时感觉自己在消融，某些重要的东西被循序渐进地解构。极端的热使她产生幻觉，这里似乎是一个平行时空，在这个地方，普罗米修斯暴虐而堕落。

他们来这里已近一个月，他竭力适应各种火，而她竭力适应他的野心。有时他们走在烈日下，她忽然出神。她从他的侧脸中获得无限灵感，对于世事有新的定义，尤其当汗水沿他下巴滑落的时候。她不由得想起十九世纪的淘金者，加利福尼亚被确诊怀有金矿，全民欣喜若狂，那时他们还没意识到，这种意外的富余是一种病。现在，类似的冒险基因也在他身上燃起——她想，但他们只是一群伪装的冒险者，他们企图以小搏大，并非出于兴趣，而是因为他们早已濒临绝境。

她曾拥有选择的机会——在他们租来的小房间里，水泥地冰冷，雨猛敲玻璃窗，像一位满怀报复之心的旧情人。他兴致勃勃，眼中流溢预言般的火光。他把一只手伸向她，做出一次让人难以拒绝的邀请。

然后他开口说话，这件事你千万不要告诉别人。那个传闻是真的，我知道龙在哪里。火车票已经买好了，最快后天就能抵达。我们当然要做好心理准备，猎龙一定会付出极大的代价，但要是我们真的成功，往后的生活就不用发愁了。你能相信吗？人生真的有捷径。

不止这一次，她曾拥有很多选择的机会。一些和他截然不同的男孩摆在她面前，绝不是他这样的空想家，他们走千万人踏过的安全之路，追求更实际的东西。她感激他们，却不在乎让他们失望。每一次，她都选择了快乐，哪怕明知要跳进一个无望的陷阱。直到时间的插手使这些选择显得难堪，在青春终结之后，现实和她唱起了反调，如今她任性的资本只剩下无畏。而这仅存的无畏，只会带她远离预期的境地，并在多年蓄力后才向她发动那致命一击。

在沙漠里，他们住帐篷。他半夜时时惊醒，以免错过夜巡的龙。她也常常不能入睡，眼睁睁望着黏在帐篷顶的星空图。沙漠之夜一无所有，恰好充当一面照向自己的放大镜。即是在这样的情形下，她想明白了许多事，也搭建了新的困惑。她思索关于爱与恨的问题，逐渐摸清四面的困境，而她同时也抱有怀疑，人所能够分辨的，都不是内心真正的恐惧。

她从未和他讨论过任何体悟，火尘迫使他们闭口，久而久之，他们各自习惯了缄默。有时她想起学生时代，他们坐在食堂里，透过窗打量夏日傍晚澄亮的树，蝉声猛烈，她几乎能想象它们撕心裂肺扇翅的模样。女孩成群结队，像鱼一样游进来，散发一种充满寓意的气味。当他把视网撒向她们时，她觉得自己不如其中的任何一个。她竭尽全力，爱得越多，越受到孤独的折磨。隔着时空，她俯瞰那些覆灰的画面，假如那时她有一秒质疑过他们之间的爱，也许一切都会变得不同。

在梦见水的早晨，她重新编了发辫。帐篷里空荡荡，男孩独自去探寻龙的踪迹，直到饥饿与疲倦将他赶回帐篷。现在，他们逐渐适应分头行动，她被留在原地，面对一片茫无边际的空白。

摆弄食物占不了多少时间，为维持生活欲求的低焰，她必须学会如何观赏沙漠的变幻无常，学会自我娱乐，以及一遍遍重走心里的迷宫。

她回想男孩要她一起来沙漠的夜晚，当时她为什么会同意？绝不是因为龙是最后的救命稻草，她从不那样想。"这件事你千万不要告诉别人。"他低沉地讲话，喉咙里似有一面紧绷的鼓。他的皮肤泛出光，几欲熔化藏在黑夜之中的铅块。有些人一生都在追逐自己虚构的焕彩，炽热如一座滚烫的喷泉。在一个实际而残酷的结局到来之前，他们的执着都能勉强被视作一种美德。男孩永远不会知道，她曾为他的轻信那么难过。她甚至有一种直觉，如果她没有跟他一起来，他们再也不会见面，她将彻底失去他。

到这时她才明白，自始至终，她都不相信龙的存在。

她之所以跟来这里，昼夜不息地往飞沙与火焰里冲撞，是因为她不愿意失去爱——归根结底而言，是因为蛊惑她人生的那一股无名激情。很多年前，学校安排他们那一届学生去郊区军训。无礼的毒日耗干他们的体力，虚弱教会了他们服从。最后一天的夜晚，她一个人翻出围墙，去爬一座每日都远远望见的灯塔。一种长锯齿的草割伤她，小腿上留下咬痕般的丑陋裂口，她忍痛攀上一格一格台阶，草浪与群星哄逗她的双眼。让她失望的是，这些事物并没有新颖之处。同时，她隐隐察觉到，自己终有一天会成为冒险精神的受害者。那一年她刚念中学，还不知道爱是最大的冒险。

既然世界上没有龙，那么眼下她所面临的，就是一场无止境的煎熬，一段最终双方均落败的博弈。

她往沙漠深处走，正南方，裸露的枝条四处乱戳。这是她第一次破坏约定：男孩不在时，她本不能远离帐篷。只是在这荒诞新世界中，双方既定的规则不过是虚张声势，破例以后，她敏锐地察觉什么都没变化，没有惩罚会追赶她。形而上的大厦土崩瓦解，她整个人变得松弛，像一朵被飞机刺裂的高积云。

当她手握备用指南针走向一块陌生地图，每跨出一步，一个偶然的旁观者视角都更完整。她看见前所未有的一种自我——她曾以为可以逃避的，出于维护表面得体的需求。凭借罕见的韧性，她无数次妥协，假装她的心是一片足以容纳失望的深海。她甚至摸索出许多自欺欺人的方式，比如争吵后总挑剔自己的过错，如此一来，她似乎能通过自我纠错重新掌控这段关系。她即使这样，把自己磨成一片凹陷的拼图，用来适应对方的冷漠。然而，那避无可避的一天仍然到来，极端的困境洗净所有伪饰，那个坚硬而清晰的自我被迫醒来。

她携带新的自我上路，如同秉烛而行。显然，她看见一些与众不同的事物，沙粒其实是一条固执的河流，火柱隆起时，她能感到生物们在焚化炉中消解，精确到细枝末节。还有山，绿雾修剪它的边缘，底部被日光浇筑一层闪烁的瓷片。

除此以外，她另有一件惊人的发现。

在她前方，沙尘微微下陷，较之周围沙域，色彩呈一种泛潮的深润。差异阻止她前行，尤其是此刻，当她忽然持有过去积攒下的大量警惕。她小心地贴近那块异常的沙地，像一条备战状态的响尾蛇。而她的机警迅速得到回馈，远望那圈被刻意布置的边线，她明白过来——那是一个陷阱。它的形状更倾向于一个长方形，短边至少也有五米宽。一股甜腥蒸腾在热浪之间，陷阱正向四面辐射不怀好意的邀约。

她猛地一惊，地狱大门向全世界敞开，原来这片沙漠里还有别人。

入夜时分，帐篷再度容纳两个蜷曲的人。在一块万用的麻布上，罐头和压缩过的食物散乱铺着。到了这时候，饮食已彻底退化成一种功能性的行为，乐趣全无。他们自身也在改变，是退化或进化，取决于评判者的语境。

他们攥着一样的不锈钢勺子，从罐头里救起糊状的豆粒。隔着沉默，她打量男孩。胡须在他面孔上构成一座野蛮森林，它们生长的速度，曾是她在沙漠中计量时间的方法之一。他的眼睛往内凹陷，目光无从聚焦，仿佛遭镀一层晦暗的膜。她能指望这两口死井吗，要往里面丢什么样的石头，才能找到答案？

他是不是真的爱过她？

她总算自问了这个带有终局性的问题，它甩动庞大身躯落在她面前，包藏着诡计、暴戾、一颗引燃的祸心，以及一触即发的毁灭。

很多年前，他们佩戴外柔内刚的大学校园式精神手铐。他们一事无成，视学业上的进取心为愚蠢玩笑，也无法挣脱蛛丝般的身份，钻入某一条社会小径。他们如半熟芝士宿于家庭的余焰之中，接受不足以折抵现实需要的馈赠。男孩家境复杂，每月的生活费稀少，以至于他们的两人联盟总漂浮在最低的生活线上。在一些雄心勃勃的时刻，他们谈论未来，意识不到那只是语言塑造的蜃楼。那时候，她曾天真以为,他们之间只是缺一点钱而已。他们空降到此绝境,找一条实际并不存在的龙,本质也是为猎取金钱。然而,当她在虚空之中完成自我重构的仪式后,不可避免地,她终于明白了这一点:金钱只是一种象征,隐喻那些他们缺乏并为之饱受折磨的东西,而永远会有那样的东西存在。归根结底,他们的桎梏在于自身内部。

她松开勺子,金属敲击声使她落回原地,恰是采取行动的好时机。她对他讲述当日见闻,久未开口,声音中洒满细小颗粒。她故意加入了编造,换一种说法或许更好:对于模棱两可的事物,她选择了一种最低概率的可能性——她说,是第一次,龙的痕迹露于荒漠,就在正南方。

男孩像一枚瞬间被拧亮的灯泡,他的脸上卷起一阵超过其承受范围的流光。她可以推断往后的事情,他即将启程,在更浓郁的夜色中腾云驾雾。

那个神秘的陷阱会令他付出代价吗,当他与陷阱面面相觑,清算的时刻行将到来。

她在男孩失踪的第二天感到后悔。一周以后,她不再记得后悔的感觉。

沙漠是一种加速,这样想时,她的一部分主体已消散于沙漠之中。她使用遗忘的技艺,被动地,但毫无任何层面上的痛苦。忘记一段光与暗交错的无限回廊,忘记一度置于生命之上的爱的决心,忘记为所有期待匹配出路的执念,忘记真正的困境——真正的困境从来不会得到解决,它只会被替代,当主体被解构时,遗忘成为终结一切的出路。

帐篷不复存在,指南针也不再重要,她已经解开沙漠与火焰的谜语。

在一个平淡无奇的日子,旭日暗浮,火云布局黎明。野星被渐强的光亮稀释,它们或也矛盾地打量过太阳,这个破坏者、救赎者。她抬头看着环形屏幕,宏大之物正赐她表演。她怎能不动声色,她曾经用那样的眼光探寻过天空,无数次。过去的人称这隐蔽的主宰者为"宇宙",借由一个名词,人们对一些不确定性达成共识,但所有名词的词义都会消退,在使用过程中变得落伍。此刻,一颗紫色旋涡在天上染开,孤高莫测,云中阴影饱积涨郁的雨。世界终究在某个支点被撬起,微微倾斜之际,万物晃动不止。

就在这时候,她看见那条龙凌空而过,往长天的边界游去。

6

我们去海边的那一年,虚张声势的往事早已放生。海面捆绑月光，忽明忽暗，像在穿过一段充满弯道的隧道。对方是我一位朋友，我们贴浪而立，小腿不自觉敲碎扇形的水纹。在我们身后，涯月海岸公路拉出一条细线，两侧桔梗正盛。时值深夜，过往汽车稀少。偶有一辆，带来光与噪音，像一颗误怀善意的流星。然后静谧得到修复，只剩下海潮之声，一股连绵而无名的叹息。

我们经历一场无谓的辩论，总算克服懒惰，上网确认此时身陷之处是东海。问题轻易解决，无需赘言，好像升降机在意外楼层突然开门，这让我们不知所措。微红的天，灯塔，银狐狸般的跃动的月光，我们溺于无声，四面景物被视线抚成河流。

朋友问，你有没有看过一部电影，《比海更深》。

我说，名字是从邓丽君歌里取的吧，"比海更深，比天更蓝，我再无招数能爱你更多。"

他感叹，真的有这样的爱存在吗？

我说，爱也不是生活全部。你有这精力，不如想想怎么发财。

他说，道理也不是没有，但我好奇。

我说，怎么可能爱得这么矫情呢？本来是没有的，但因为很多人好奇，它就好像存在了。不止爱，其他事情也一样。

他说，是啊。

他从口袋里掏出一盒烟,巧克力味,根根细长如指挥棒。那段时间我们都抽这种,焦油含量4毫克,清淡,不至于呛伤日常生活。

那时我和宋双杰分手不久,一种内敛的抑郁常常作梗,润物细无声。我无法对任何人表达,所说的大部分言不由衷。当时我还不明白,令人遗憾的并非那样的爱不存在,而是即便你对一个人的爱比海更深、比天更蓝,跨越重重道阻,到最后,它仍然会过去。唯一值得遗憾的是,一切都会过去的。

逆流

1

许多年前,有一对男女学生陷入恋情。两人的性格、家境相差悬殊,女孩是占尽上风的那一方,但他们那么年轻,即便对人生落差稍有知觉,也只当作一种额外的浪漫元素。更何况,对于爱情来说,这些又算什么问题呢?尽管如此,他们最终不欢而散,以狼藉的姿态收场。从此,女孩专注于学业,在某个巅峰飞往美国。多年以后,一次偶然的机会,她又飞了回来。

他靠窗而坐,人生一段段浮上来。通俗,简短,像一系列工整的句号。那些曾为之耗尽心力、误以为永远跨不过的时光,概括起来不过三言两语。

上星期六夜晚,他收到一条陌生人的讯息:我二月前在上海,有没有时间赫卡特见?当时他正在看一部圣诞主题的电影,炉火、姜饼、烁跃的彩灯、少年眼中映射的烛光,一股甜暖气息使他昏昏欲睡。他按下暂停键,缓慢喝完玻璃杯中剩余的水。他的直觉早就指向她,但到此刻才确信无疑。没有第二个人会提赫卡特,他们大学时曾在那里度过许多下午——那几年,好时光似乎俯拾即是,不像如今,仅存的一点乐趣不过是靠日常焦虑的激流反衬出来的。

他们喜欢这间咖啡馆的名字,赫卡特,读音像一支精心射出的箭。尽管时隔多年,赫卡特却没什么变化:法式混合工业风的装修,提供的咖啡不超过五种,顾客总是寥寥无几。服务员穿黑色皮背带裙,几乎都是年轻女孩,脸上刷一层冷漠的纸浆。她们对工作毫无热情,反倒给人一种自由的宽慰。

三点刚过,她推门向他走来,他看见了往事面目全非的模样。

"等多久了?"这些年里,她矫正过牙齿,发笑时不再下意识用手捂嘴。

"刚坐下来。"他伸手示意,对前来的服务员说,"音乐能轻一点吗?"

一开始难免面面相觑,他设想到这一切,仍然不知所措。在一段过度的沉默之中,他扫视她全身,唯独避免了她的眼睛。她脱下外套不久,静电产自轻柔的皮毛,使她一头长卷发微微向外膨胀。浅蓝色毛线裙下,她的肢体纤细如故,但双手已被衰老腐蚀,青筋与褶皱更加分明。他注意到,一枚银环圈住她的无名指,光斑凝结在环中央,如一小粒火焰未熄的烙铁。

"时差倒过来了吗?"他问。

"不是时差的问题,但就是不适应,哪里变了。"她摇头,思索时皱眉的习惯,使他感觉昨日如被镜面反射。

"你走以后,地铁新开了四条线,现在地底下都挖空了。"他做了一个手势,包含开启与腐烂的隐喻。

"有什么用,人流永远分不散。我在上海坐过一次地铁,挤得肩膀疼,空调也不制冷。你记得生的金针菇吧,一根根黏在一起,上海地铁里就是这种状况。"咖啡已经送来,她凝视着衬托杯子的底盘,骨瓷质地,边缘印有西欧风格的花饰。

"你以前喜欢吃金针菇。"

"你知道吗,在美国买不到金针菇,美国人以为这东西有毒。"她忽然问,"我们有多少年没见了?"

"十一年。"

他根本没想到自己会脱口而出,甚至没想到他知道得如此精确,他从未有意识地盘算过时间。而他所知的一切——十一年,所有变化,此刻均已在她身上得到验证。

他始终对她那枚婚戒耿耿于怀,不是出于嫉妒,他已经过了在不可逆流的长河之中刻舟求剑的年龄。只不过在他看来,婚姻是一种人为设定的规则,用来抗衡人们喜新厌旧的天性,这难道不反常吗?那些甘当婚姻信徒的人,完全没有胆量,哪怕仅仅花几秒钟,剥开那张七彩糖纸往里面看上一眼。世界上最不缺胆小鬼,他一度愤世嫉俗,后来才勉强把这些人的存在理解为造物主的幽默感。

"这家店一如既往啊。"她用细勺轻轻敲打杯沿,不无感慨地说。

"是的。"他说,心中却存疑。

"以前门口有两盆虎刺梅,一到冬天,红花压着刺往外长。"她说,"我们就站在那里,你说,有什么好看的,但我偏偏不肯动。"

"是呀,现在正当花期。"他随手往店门口一指。

"现在?你是说还在那里?"她不由得瞪大眼睛。

"对,老地方,你进来时没看到吗?"

"这怎么可能?"

她错愕地回头,店门正紧闭,将暖气与僵冷的外界隔离。一个人怎能对自己从前珍爱之物视而不见?世事不合逻辑。她似乎想站起来,去确认他说的是否属实,但核实的念头只是一闪而过。如今,他们享受迟钝带来的好处,既存在经验赋予他们躲避冲动的直觉。不做没必要的事,也不要显得愚蠢。于是，她照旧静坐在他对面，忘却困惑。

他们又讲到彼此的工作、生活、各自新交的朋友。他们泛泛而谈，谨慎地规避某些东西，却也试图将触角伸向危险的区域。在他的引导下，她提了一两句她的家庭，她和先生没有要孩子，因为生活的密度已经够大了。他默不作声，回味着"密度"这个词语。许多年前，他们谈论过孩子的问题，当时她说想要一个女儿。他附和道，他们要给孩子最大限度的自由，所需学习的只有快乐与正义。他们的对话大体上是诚挚的，但与此同时，他们从未认真考虑过婚姻与未来。好像双方在种一株虚幻的葡萄藤，那种生活几乎没可能实现，但藤蔓不可自制地向上攀爬，通往某个不存在的空间。

"我有时候想，要是我们那时继续下去，人生也许全然不同……"她说。

"实在没有办法。"他说出一句含糊不清的话。

她若有所思，然后抬头一笑，眨眼问他，"挺好，你这几年还好吗？"

他点点头，算是一种得体的回答。分手时那样狼狈，多年以后，他们竟也能心平气和地坐在一起，仿佛那激越如午夜深海的往日时光，只是两人共同看过的一场电影。平凡的人生之中，什么都无法留下。

2

　　为了掩饰平凡，她一度竭尽所能。

　　大学初期，她曾把头发染成亮红，像音乐片里的孤僻少女。走在学校主干道上，她确实博得了一些稍纵即逝的关注。谁知道没洗几次，头发褪为一片枯黄。发梢如倒悬的麦穗，围着她不甘心的面孔。她责怪理发店，用劣质产品骗学生钱。懊恼之余，她设法寻找挽回自尊的新方法。她到底属于灵敏的那一类人，通过观察与摸索，她很快领悟到一件升级生活的利器：爱情。

　　并排坐在阶梯教室里，她时常回忆起最初的画面。一位学美术的朋友告诉过她，光是不均匀的，她也亲身发现了这一点。教室朝向西南，晚日常探过窗栏，余烬几乎已没有烫的攻击力，倦懒地洒在人们身上。当他还是一个男孩时，躁郁的气息更明显。一开始，他全神贯注地前倾听课，但每节课有好几次，他猛地往后撞击，插起双手。他像一座失措的大钟，看不见的蝙蝠围绕他发射高频声波，他因受激而紊乱。有些时候，他如坐针毡，不住地环顾四周，偶尔转向斜后方，她看见他眉毛紧皱——他在忍受课堂的内容，忍受周围学生无动于衷的态度。

这门课叫《古汉语导论》，占据四个课时之多。为他们学院讲课的是杨务群，一位颇受争议的名师。杨务群以观点偏激出名，只要立场执着，势必会吸引一些追随者。追捧杨务群的学生不在少数，他们不在意杨务群的严苛、刻薄，甚至将此视作一种独特性格。他在课堂上那样肆意妄为，刁难每一个令他不满的学生，从每一场获胜的辩驳中剥夺弱者的尊严。对另一些不为他所动的学生而言，杨务群只是一场噩梦。

在三四堂课以后，她确认了他的阵营，并从同学那里打听到他的名字。临下课前，她悄悄给那个在美术学院的朋友发消息，很快收到了回音，"怕什么呀，你这么优秀，谁都会喜欢你的。"她把小茉莉的信息读了好几遍，下课铃响了，她鼓足勇气走到他的座位边。

"讲得太烂了，阴谋论，他凭什么觉得我们都是井底之蛙。"她说。

他抬起头，惊愕地打量她。她为自己的草率而难堪，也许她本可以用更温和的方式接触他，比如写一封长信，或一路跟他走到食堂，再以巧遇的方式向他提示自己的存在。冬日将临，黑夜降落得更勤快。教室里已经没什么学生，等他收拾好包，他们一起往外走。

"我听上一届的人说，杨务群给分很严，弄得大家绩点都不好看。"她努力制造话题。

"他是这样的。"

"下学期还有他一门课,真是阴魂不散。"

"是啊。"

"对了,你猜他几岁了?"她想起杨务群满头白发,也不打理,像一座凛冽的雪山。

"我不知道。"

那天晚上,她在宿舍里和小茉莉打电话时,谈到这段尴尬的开场后悔万分。他比她想象中更沉默,大部分时候都是她在说话,她无法判断他的点头是出于礼貌还是认同,晚饭付账也很不情愿。听筒里传来小茉莉的声音,纤细绵软,音节拖得很长。小茉莉说,至少他请你吃饭了呀。她回想一些细节,他如何低头撇开她的注视,又是如何埋头前行,完全不顾她的步伐。她说,他这个人真傲慢。过了很久,小茉莉才缓缓反驳说,不一定,他也可能是自卑。漫长的空白令她晕眩,她问小茉莉,你在干什么?又过片刻,对方才回答说,涂指甲油。

如涓流终于形成一条冲击性河道,他们到十二月底才确定关系。在那些布满甜蜜猜忌的日子里,她借由和小茉莉通话来消除忐忑。她和小茉莉的同学史始于初中,小茉莉似乎具备一种爱的天赋,尽管由此获得更多的是痛苦。每一段哀毁骨立的情感尽头,小茉莉都把她当作救命稻草,她被迫收容一则则故事,并负责安抚那个饮泣的女孩。许多次,她对自己卷入这些收场十分厌倦,明明她们都知道,悲恸会被下一次更剧烈的悲恸所取代,爱的波澜有始无终,但当小茉莉向她寻求安慰时,她根本无法拒绝。她没意识到自己一贯自相矛盾,对待小茉莉也是如此,一边出于习惯和人道主义给她鼓励,一边暗中讥讽她那无意义的波折。她的优越感顺理成章,学生时代,她的成绩比小茉莉好得多。

那年冬天很早就下过雪,他们靠后坐,肢体在桌底下交互活动。杨务群依旧跋扈,他奋力讲了些什么,然后转过身,在黑板上写一行行草:犹太作家赫斯说过,中国人与犹太人是两个苦难民族的典型例子,前者只有躯体,后者只有灵魂。她根本不在乎关于"灵魂"与"躯体"的绕口令,爱情使她的头脑饱和。她往窗外张望,满怀一种天真的憧憬。雪使静物变得深冷,立体空间被罩进一层卷帘之中,万物之间距离愈发疏远。

杨务群站在黑板前站立不动,仿佛被定身术定住一般,寂静的教室中燃起一阵议论。只见他从口袋里摸出一瓶药,吃下一把以后,才缓缓转回来,面色苍白如大雪过后的河面。

"芝加哥大学校长说,大学之所以名大学,只有一个理由,即它必须是批判的中心。我心脏不好,没几年可以批判了,未来都在你们手里。"

他又为中途停顿向学生道歉,接着站在原地,等药效起来。唯一一次,他表现得像个绅士,这是他罕见的不具攻击性的面目。

或许杨务群短暂的温和令他们松懈,课没上完,他们悄悄离开教室。在即将弥散的雪夜,更温暖的地方正向他们发出邀请函——学校门口的一排宾馆,密雪并未使它们的招牌褪色,相反,LED 灯构建了极富魅惑性的暖意。他们一次又一次登记入住,把本该用于课堂的时间收敛起来,集中投放在这些宾馆之中。他们贪婪却也易于满足,十平方米的小房间足以为他们提供取之不尽的乐趣。有几次天快亮时,她无意瞥见他还醒着。他们曾在黑暗中恣肆滑行,但当睡眠将两人分离以后,他们又重逢于深夜末梢,她不禁因陌生感而恐惧。他的目光往黑暗深处辐射,似一把幽暗的火,怀揣模糊不清的危险意图。相处多日,他沉默寡言的铠甲已然融化,可有很多瞬间,他的一些细小举动令她迷惑。

期末出总绩点时,他们不得不面对逃课的惩戒——《古汉语导论》这门课,两个人都没有合格,显然他们错过了好几次杨务群的点名。

几乎大学城里所有学校都进入寒假,返乡潮流已近尾声,学校清冷得像水星表面。他们都住本地,不急着回家。

接连好几天,他们坐在赫卡特里。她咒骂杨务群,起初甚至有些憎恨,当她想象他漠不关心地往系统里填上"不合格",轻率地对学生半年的表现下定论,但她很快接受了现实。反倒是他费尽心思,后来她才知道,他想方设法让杨务群改了分数。

"他怎么会答应的?"她问。

"我说大四要出国,补了一篇论文给他。"他说。

"我以为你对这些不在乎。"她知道他从未想过出国,尽管法学院的学费不算贵,可他的寡居母亲也不会同意。

"我要拿奖学金。"

"杨务群居然同意给你改分,他人还不错啊。"为了缓和尴尬的气氛,她随口接了一句。

"不,"他终于抬头看她,目光如新拭的箭头,闪烁着多棱的光泽。她看见他的喉结上下浮游,被某种神秘的引力牵动。他补充说:"他是个十足的恶棍。"

3

等十二月再度蜿蜒于这座城市时,他们的关系变得更稳固、更接近立体几何,长了更多仅彼此知晓的肉刺。圣诞刚过，冬青树列成的军队尚未来得及撤离，灯光在黑夜中戳出炫丽涡流。他们第一个周年纪念日与寒潮同来，地面上铺满碎冰，人们往金属椅子上坐时格外小心，以防凉意猛烈一击。

那时他们已察觉，即使在大学城中，自由也很有限——生活提供的选项非常稀少，没有进一步的供应，充其量只是保障他们无所忧虑。那一年他们穿行在新城区，吃饭、逛街、看电影，在她看来，不该让这些普通娱乐来消解周年纪念日的仪式感。到了这个阶段，她基本在决策方面驯服了他，毕竟她自愿承担更多日常开销。

一个新奇的念头崩了出来，在她遭人流挟裹，走上从教学楼回寝室必经的拱桥时。她想起上海唯一的山，海拔不足一百米，常遭讥讽。佘山距他们学校七公里，是大学城社团活动的专属后花园。半山小径分往烧烤区，越过使人面孔煳焦的炭烟，向山顶去，便可看见那座著名的圣母大教堂。有一年夏天，她穿着拖鞋去，被守门人拦在外面。她隔着济济游人往里张望，被通顶的彩绘玻璃唤起一种恐惧——不是为她看见的东西，而是为那些精心修饰企图诱导她看的东西。然而，佘山真正恐怖的地方绝不在此。从另一侧峰登山，沿路能看见各个年代的坟墓，甚至有白骨露于野的传说。纪念日晚上，她想去那里探险，恐惧有另类荷尔蒙的味道。

他们租了一辆雪佛兰科沃兹,经她一再要求,他在暑假已考取驾照。调试之际,他们绕学校附近的广富林遗址开了两圈。她想连手机蓝牙放音乐,但不知出了什么故障,最后只好跳到广播频道。车里暖气过盛,她能感到脸颊干得发烫。

又一次,他们重温开头,仿佛这段恋情是一部百看不厌的电影。一年以来,事物在一次次爆破中产生倾角。昔日那个课堂的主宰者,那个曾让他们怨怼不已的名师,因故决定提前退休。

"今天杨务群上最后一节课,我还去旁听了。"她坐副驾,把安全带向前松了松。

"他什么时候走?"他问,有些心不在焉。广富林遗址有一段路灯特别稀少,他必须把注意力集中在路况上。

"不知道,反正不会再开课了。"她身穿的灰毛裙是上周末特意买的,肩侧设计着六厘米的露缝,她棱骨分明的肩膀使之撑开。她没发现自己过于盛装,像是基于某一种愿望而刻意模仿已实现愿望的他人,是对自身的无能进行更示弱的抗辩。想到杨务群的结局,她仍觉感慨,"怎么走得这么突然?"

"早就该走了。"他回应冷淡。

"但总觉得挺遗憾的……"

她没有告诉他,上杨务群的课前,她特意去园区步行街买了一束鲜花。风信子似薄暮中的浓紫钟楼立在后侧,百合扮演恣肆的云,毫无愧色地占有四面康乃馨的衬绕。她要把这一束细小的黄昏幻景献给杨务群,趁他刚宣布下课,学生们还没来得及撤离。她匆匆跑上讲台,将花束递到他手里,然后迅速转身,躲开那些不恰当的感谢与赞赏。台下忽然掌声雷动,所有人都知道这是杨务群最后一堂课,她的举动使那些告别之心得以凝集。杨务群木讷地手持鲜花,是那些好意施惠的时刻,是人们猛然惊醒的惋惜,将送别的场面变得生动、难以忍耐。

"你不是讨厌他吗?"他极短暂地瞥了她一眼。

她无言以对。那时她很年轻,不曾体会过真正的痛苦,厌恶与谅解都来得那么轻易。她之所以给杨务群送花,并不是为了享受实施原谅权力时高高在上的优越感,也不是谋求和解,单纯出于一个惯于幸福的人对圆满结局的天真信赖。

"我想告诉你一件事情。"他严肃地开口。汽车前行,光与影交错从他身上略过。"杨务群是我举报的。我一直想不通,只要写几封邮件就可以解决的问题,为什么没有人去做。"

她愣住了,一团庞大的云在某处炸开。

她想问他,向谁举报,举报了些什么,可她张口结舌。

"他不是说过吗,一个知识分子为了真理与整个时代背离都不算稀奇,为此付出生命代价也无妨,可他认为的真理是什么?他说的一切狗屁不通,除了骂人,利用学生的无知,他什么都不会做,虚伪至极。"他愤愤不平,露出少有的狰狞。

"他给你改分了啊,你为什么还要……"她打断他,开口时发现自己带着哭腔。

"这根本不是分数的问题!"他几乎喊起来,她被他的不耐烦吓了一跳。

"他传输错误的价值观,他是一颗毒瘤,被开除完全活该。"迎着沉默,他继续咬牙切齿地说。

她俨然失去了意识,并不知道身在何处。道路两边是农田,淹没在湿冷的黑夜之中。路上空荡荡,偶尔有一两座自建的楼,恹恹透着灯光。

那个黑影出现得鬼使神差,似为救场,或为证明某种神秘的东西。她率先辨认出来,指着那辆逐渐变大的自行车惊叫,"杨务群!"

汽车开到自行车后面,瞬间放慢了速度,缓行如在沉思。在车前灯开辟出的光道里,她完全确认了那个熟悉的背影。杨务群套一件米色羽绒服,骑车时的蠕动让他看上去更臃肿。光从后面拢过来,杨务群显然感受到一种掌控,他想看看究竟是谁,便尝试着一边骑车一边回头。一片漆黑之际,车前灯异常耀眼,杨务群一下子睁不开眼睛。他伸出右手挡脸上,像受惊的蚌壳合拢无力的保护膜,自行车开始不停摇晃。

临近弯道时,男孩突然拼命按喇叭。他的手如痉挛般抽搐,把一段段噪音发射出去。

"你神经病啊。"她也歇斯底里起来,挣扎着要拉开他的手,抢夺方向盘。

慌乱之间,自行车往左侧倒了下去。她惊恐地瞪大眼睛,那幅摔倒的画面如此轻盈,看上去毫无疼痛,就像一片鹅毛飘落在汗漫无边的雪地里。恰逢岔路口,男孩猛地急转弯,绕开了罪恶丛生的现场。她扭头回望,尽管什么都看不到,她仍然可以凭想象猜测一切:自行车架撑地,凭惯性,车轮还在转动。往外几步,蜷缩着杨务群松软的身体——血液让伤口黏满灰尘,他整个人正变得僵硬。

有那样几天,她一心以为杨务群死了。在打给小茉莉的电话里,她反复哭诉,你知道吗,他有心脏病,这种刺激要了他的命。小茉莉问,警察来找过你们吗?她愣了片刻,告诉对方,她倒是希望警察来兴师问罪。她近乎变态地渴望受惩罚,以洗涤那些使她昼夜不安的情绪。有一次聊天,她答非所问地对小茉莉说,我和他之间的某种东西倒塌了,他应该也感觉得到。上周我看到他和别的女孩一起自习,我想分手算了。小茉莉沉默半响,突然以前所未有的冷静反问,他对你这么好,你还想怎么样?她愤慨交加，问，他哪里对我好了？小茉莉因激动而声音颤抖，她大声说，所有人都对你很好，你生来就是这种命运啊，却从来不知足。她从未像此刻一样清晰体会到悲怆的涨潮，四面是无尽荒野。她握着电话的手滴上眼泪，她说，你不知道，你不知道。

她哭泣的次数与日俱增，好像是一种生理机制的直接反馈，而非基于某种待处理的悲伤。一些夜晚，她趁室友都入睡以后悄悄打开电脑，搜索与杨务群相关的信息。她读了杨务群的几篇论文，找到他隐藏的博客。他喜欢旅行，往往一篇博文即一场小型风景照展览。从动态来看，他的际遇与流言相传的吻合——结过三次婚，目前处于单身状态，任何一场婚姻都未馈赠他子嗣，别人无从得知他在婚姻里的真正得失。在某一篇博文里，杨务群罕见地贴了一张自己的照片。背景是梅里雪山，夕阳熨下鎏金的纱罩，积雪反哺流光，天空本该在一片幽暗中息事宁人，但光何其坚韧，一瞬间直抵短暂的通明。杨务群逆光而立，像上课时那样插着双手，面露微笑。

一切都催生她的积郁，使她胸口风雨大作。她现在体会到"一切"的含义，哪怕看上去无关紧要的事，都向问题的核心奔涌，成为引证她罪责的材料。然而，最要紧的是，她甚至说不清罪责产生的原因。她好像什么都没做，却承受了沉重的代价——尽管那样的感受并未持续太久。

4

冬天暂别城市之时,她的郁结终于疏散许多。宿舍楼下,枝叶抽出新绿,每次去阳台上晒衣服都能看见。夜晚变得更容易忍受,风不再携带恶意。她可以在阳台上站一个晚上,思索、眺望对面的宿舍楼。

杨务群又更新了博客,写到最后一堂课上,一个女学生给他献花。他试图还原当日的场面,她读来却觉得非常陌生。她也无法理解此前的自己,怎会以为杨务群已死去,人哪有轻易就死的。

为了弥补他们之间的感情,她计划了一场旅行。她从各种旅行广告中关注到沙巴,一座由南海托起的明净岛屿。她设想一起坐滑翔伞,画一条弧线于白象群般的宫殿上空。他们将在天空中飞舞,抖落此前积攒的情感沙泥。

然而,计划真正实施时目的地改成了厦门。火车奔走八个小时,越往南方越热,他们如蒸笼中的鱼羹,浑身弥漫肉制品的咸腥。抵达后,他们把行李塞进酒店,租一辆双人自行车,沿海滩骑行。

他们已经消除了一些误会,比如那天在自习室,他和另一个女孩素不相识，只是凑巧坐在一排自习而已。她如释重负，随即又对他的解释将信将疑。杨务群事件以后，她重新发现了一个截然不同的他——但不是因为他变了，而是她被迫学会一种更警惕的观察方式，是痛苦与隐藏的威胁催成的。

表面的风波已平息，可她总觉得哪里不对劲。在厦门的日子里，她成天生气，稍有不顺她便抱怨，为了问家里要钱，她不知道说了多少谎。他反驳，非要旅行的人是她，而不是他。当时他们停在海边，海潮充满韧性，月影被拉成一根银丝。他们不顾一切争吵起来，像在雾中角力的斗牛，相互掷出湿热、疲倦的攻击，直到双方筋疲力尽。凭爱的蛊惑力，他们也许总会清空不愉快的记忆，但海水记得一切，大海收集了每句脏话背后的秘密。他猛地把书包丢上沙滩，听见里面钥匙晃动的声音，还有一声沉闷的撞击，或许是那本二手书摊买的《厦门旅行指南》。

"你就是这种人，你害他丢了工作。"一次争吵时，她冷不丁提到杨务群，她原以为那件事情已经过去了。

"他被枪毙都死有余辜。"他突然暴跳如雷。

她失控大叫，一道堤坝轰然崩塌。他抬起手臂朝她头部挥去，像打一记重鼓，他们几乎都愣住了。剧烈的闷响之后，她耳鸣，接着感到头里某处有水流晃动。她眨了眨眼，空洞而失神。泪水落下，在她脸上岔出几条分支。

房间里一片死寂,他也抽泣,似通电后无声的痉挛。事到如今,杨务群已成为一种桎梏。他们彻底厌倦了这个名字,但它不肯放过他们,逼他们面对不可逆转的毁灭——不是外力,多少是一种自毁。他们都隐隐明白,当她指责他"恩将仇报""让杨务群失业"的时候,实际上怀恨的是另一种东西,某种错误的释放机制,他无法与恶抗衡后全身而退,连她也捎带了恶的余毒。

他为愈合关系也做出过努力,至少尝试着坦诚。

他第一次跟她提起父亲,一个在十多年前自杀的男人。父亲当年多么渴望回到上海,如愿返乡后,经人介绍与母亲结婚。父亲曾在一所小学当语文老师,课余时间,常常给学生拉手风琴。一个热得打破高温纪录的暑日,父亲给他煮完泡面,然后俯身说要去修电风扇。他至今记得父亲那时的模样,眉毛很浓,满脸水珠;但有些时候,他怀疑那张脸根本不是父亲,而是他虚构的。父亲再也没有回来。他选择了一种笨拙的结束方式,他的尸体从江里捞上来时,肿得像一艘充气飞艇。当然,这同样是他根据道听途说虚构的画面。

父亲是他人生中第一个谜,且永不可被猜度。

"没关系的,小茉莉也从小没父亲,但她仍然活蹦乱跳。"她不知所措,憋出一句话。

"对,现在我已经不在乎了。"他嘴上这么说,心里后悔对她讲了这件事。他憎恨她,也憎恨小茉莉——这些无关紧要的人。他不会再进一步告诉她,他举报杨务群,不全因为他偏激的观点,更因为杨务群表述时愚蠢的样子,以及那理直气壮的权力。杨务群常让他想起父亲遭受的厄难,不论从哪个角度。

5

她的生日在下半年,临毕业那一年,她租了一间公寓酒店,邀请朋友们来参加派对。他很多次听说小茉莉,她七年的同学,如今是一个生活放浪的美术生。提到小茉莉时,她总语带轻蔑。他曾问她,那为什么还和小茉莉联系。她想了想说,她这个人很笨,没别的朋友。又补充说,谈恋爱倒是有一套,但总没有好结果。他反倒对小茉莉好奇起来,为某种相似性。他想,她对朋友又如何形容他呢?

人们陆续前来,他没想到她竟有这么多朋友,房间里几乎站满。他忐忑不安,到处穿行,一停下就感到窒息。他花一下午打的气球散在各处,有人注意到吗,其中数量最多的颜色是红色。他撞到一个女孩,慌忙道歉,女孩大度地笑了,转身继续和朋友讨论粉底液的品牌。

四面八方的人同时说话,一个尖细而愤怒的声音一时盖过其他的。"就算只有百分之二十的希望也要救,我知道一个专门收留流浪猫的组织。"另一群人在讨论旅行的话题,"八月去还能干吗?都是看烟火晚会的。"还有一些摸不着头脑的对话,"我打过电话,什么都试过了。""她不是把那个给你了吗,可以吃一点。""你竟然去那个地方实习!"

更多的是残破的信息,只有一些词语,被走动声、碰杯声、打火机声、波浪般的嬉笑所淹没。她迎接每一批涌过来的人,接受祝福,回以拥抱。他本该大方陪在她身边,但他不愿意,不是怕别人的评价,而是讨厌那些会落在自己身上的关注。他在露台上站了一晚上,偶尔有人钻出来抽烟,他们仿佛从另一个世界来——一个嘈杂、刻薄、不可理喻的他乡。

十点出头时,她急匆匆地闯进来,好像终于捉住了他。

"你到哪里去了?"她语带抱怨。

"没去哪里。"他笨拙应答,虽然他没喝酒,但光听喧闹声就让他昏昏沉沉。

"小茉莉喝多了,你先送她回去。"

她利落地给了他一个地址,又把他带到一个女孩面前。小茉莉比她矮半个头,窄小的脸从厚毛衣里探出,瘦得五官几乎外突。他隐约觉得在哪里见过这个女孩,也可能只是刚才一瞥。从外表上看，小茉莉没有醉态，只是咧着嘴，好像随时准备放声大笑。

小茉莉的住处大约在两公里外，她坚持步行回去，他只好跟着。他打开导航，把提示音调到最响，但毫无必要，小茉莉清楚记得怎样走。当他还在矫正方向时，她已经迈开步子，像一列无心的火车，一个愤然离家出走的女儿。过马路时，小茉莉才拉住他的衣服，和他并排。他有无数疑惑想提问，可他问不出口。他仿佛在酝酿一个秘密，在这样的一个冷清的夜晚。

"我平时其实不太喝酒，酒精过敏。"小茉莉说着，双手快速捂了一下脸颊。

"很多人都这样，缺一种分解酶。"他回答。

"有一次我喝了一杯白俄罗斯，在回去的地铁上，我的眼睛忽然看不见了——类似蹲很久起立后的缺氧状态，脑子很清楚，但身体在垮掉，只听到报站声越来越轻。那时候还用老式手机，我凭触觉播了我妈的电话号码，让她来接我。"突兀的停顿后，小茉莉自顾自地说下去，"我不是……你想象中那种人。"

他有些惊讶，实际上他从未对小茉莉下过任何结论，即使长期受到女友的影响。他思忖该说什么，脑中闪回着小茉莉突如其来却又吞吞吐吐的辩白，忽然有一种莫名其妙的激动。他想告诉她，误解是人与人之间的锁链，不必解释我是这种人,或者我不是那种人,交流只能造成更剧烈的偏见。那个构建巴别塔概念的人,比真正的神明还要聪明。他沉浸在感情用事里,直到小茉莉打破沉默。

"算了,你就当我没说过。"她笑起来。

他们的目的地是一栋老式多层建筑,周围破旧,下水道口异常脏乱。走上楼梯时,月光透过缝隙挤出照影,条条暗柱,使他愈发不安。不知何时,小茉莉已经把房门钥匙攥在手里,她住最靠东的房间。他来不及细想,只好跟了进去。这是一间一居室,衣服、零食、日用品堆满地,床上被子铺得极其草率,就像一个凶案现场——但没有真正的谋杀,只有无尽的日常在此磨损。

小茉莉快速拾捡一些杂物,又给他泡了咖啡,接着钻进卫生间。他环顾四周,再一次地,企图掌控更多信息,以使自己心情平静。对面墙上贴着一张海报,看上去似乎是20世纪90年代的日本男星,也许更久远。他望着那张脸,清秀、颓丧、把他推往一个早已失去的时代,他心里泛起冰冷的黑色泡沫。

大约十五分钟以后,他从海报上移开眼睛,感到房间里特别冷。一次性杯子被他握在手中,现在咖啡也冷了,他好像独自一人坐在海王星的边缘。他在过去某一天已经意识到,人的许多感受无法和他人分享,表达即歪曲,就像粒子无法被准确观测一样。卫生间传来水流的声音,他猛地反应过来，小茉莉正在洗澡。他差点敲门告诉她，喝酒后洗澡无异于跑一场马拉松，容易猝死，但他没有这样做。他猜测着水与肉体碰撞的过程，温热、理所当然，接着雾会在窄小的淋浴室漫开。灯光与雾幕下，女孩闪烁隐现，俨然一颗遗落的星星。他们会发生什么吗？他暗想，所有同类处境的男性都会这么想。而他发现自己不愿意做那件事，他只感到一股无名的悲怆。他又想，如果他们此刻在一间酒店里，在一个更识趣的布景里，他是不是会动心？

小茉莉裹着一条粉色的浴巾，发梢滴水，毛糙地从浴室里出来。她有一瞬间犹豫过，最终还是坐到他身边，抓住他的手。她的手带有微弱的电流，他微微麻痹，说不出有怎样的感觉。他问小茉莉，你冷吗？她不说话，脸往他肩膀印去，仿佛要透过某个小孔钻入他的躯体。很快，他感到毛衣渗了水，她发出的模糊声音在房间里掀起一次小小地震。他重温了一次毁灭，泛起难过和恶心，就吸着气将她推到一边。

他自己都没反应过来，已经站到了写字台前。整个过程中，他们都没有对视过一眼，此刻他背对小茉莉，一边喝着咖啡。他听见女孩哭泣，也可能只是因为冷而流涕。他被女孩抓过的手还在发麻，像伤口感染，烧痛渐渐扩散。

"没什么了不起，真的。"小茉莉说，听上去更像自言自语。

"她肯定跟你说过，我爸很早就失踪了。有段时间，我非常恨我妈，可能是八九岁的时候。我问她，你还会结婚吗？她说，小孩子懂个屁。那之后没过多久，我发现我妈开始戴一块新手表。在我当时的概念里，手表都很贵重，我妈拥有那样一块手表是很蹊跷的事。它是一种信号，一圈明灭不定的黄灯，警示某些事情正在发生。我找借口考试要看时间，问我妈要那块手表，她拒绝了——这样的事发生过好几次。突然有一天，我妈不再戴那块手表，她把它藏起来了。我到处翻箱倒柜，如果找到手表，我可能会把它卖掉，但它不在任何地方。"她冷淡地讲起往事，又说，"我现在还常常梦见那间房子，漆黑一片，而我在里面找手表。说来奇怪，我确实为这件事困惑过，可如今完全无所谓了，梦却翻不过去。"

他的职责只是送她回家，不是承受寒意的凌辱或听她讲故事。他浑浑噩噩地从小茉莉的房间里走出去，跨下台阶，闯入清透如瓷片的午夜。冬天将至，事物都在下滑，等待分崩离析的那一刻到来。他在路灯下稍立，夜路明净，像一截银河。很快，他回过神来。穿过自己呼出的白雾，他往来时的方向走去。

他重新回到公寓酒店时，派对已经结束了。他小心地绕开满地酒瓶，钻进卧室，一下子瘫倒在床上。房间很暗，靠窗外零星的光线照亮。她从隔壁的卫生间出来,手上搭着刚换下连衣裙。

"我把酒洒在裙子上了。"她说,把沾有酒渍的一角翻出来给他看。

他想坐起来,但浑身无力。他幻想自己正在溶解,变成一摊褐色的水,被白色床单吸进去。女孩走过来,蹲在床边,那张熟悉的脸向他靠近。她一定闻到了他身上失魂落魄的味道,或别的本该隐藏的气息,以至于她表现得神秘莫测。

"很累了,是吗?"她说,"你去的太久了,都在干什么?"

"你放心我送小茉莉吗?"他反问。

"为什么不放心,难道你连这种人都会看上?"她紧抿的嘴唇微微上扬,眼帘下垂,再抬起时说出了思考后的结果,"有时候我想,你们两个倒是挺配的。"

她一副什么都知道的模样,好像她早就看穿了他深处的冰山。她毫不犹豫地选择相信坏结果,一方面出于自尊,以杜绝被骗的可能,另一方面在于她的偏见。他们一同经历过那个夜晚,无限冬日重重包裹在外,他们永远不会忘记。有一次,他们只是说到冬天去北方看冰雕,她脑子里立刻浮现杨务群倒下的瞬间,汽车急转,然后往前滑行,全世界都是冰做的。

"你到底都在想些什么？"他精疲力竭地发问。

"这是早晚的事，你看冬天马上要来了。"她说，哀婉地，好似在接受一段命运。

他们没有争吵，已经午夜一点多，她迈入新一岁的第一天。他一言不发地爬起来，径直出门，由电梯运回黑夜的底层。他望向沿路高楼，许多窗户还亮着灯，人们都在做什么？有没有人对其他地方正在发生的事情好奇？他无处可去，片刻，想起刚才路过的一家通宵电影院。

他买了票，一个涂红色指甲油的手递回找零，并将他指向一座空荡荡的影厅。他随机找一张座椅，整个人深陷其中。电影正在滚动播放，巨幅屏幕中，一个金发女人开车经过三块红色广告牌。车速太快，他没有认清广告牌上的字。良久，他又发现银幕坏了，左上方有一块绿色的斑点，无论切到什么镜头，这粒绿光都干扰着银幕完整度。他的注意力全程被绿光吸引，根本没赶上电影的主线。他缓缓察觉到这一点，感到前所未有的疲惫。电影放到警察局淹没在火焰之中，荧光火蝶大口喘息，他的视线一次次模糊。

他给她打电话，在黑暗中摸索着走出影厅，她没有接。几次以后，他干脆坐在座椅里拨号，看"正在呼叫"的字样持续闪烁一分钟，接着被强行切断。他不知道打了多少次电话，明知对方无意接听，似乎这只是一场必要的仪式，像阴沉不绝的雨。

他在电影院里睡过一会儿，断断续续，耳中常钻入模糊的电影对白。在他昏昧不清时，是一个念头让他最终清醒——去见小茉莉。他想回到那间冰冷的房子，厄舍府已经凋敝，万物趋于毁灭。恰是因为那里什么都无法提供，他可以不设防备。小茉莉或许能再冲一次咖啡，用来抵御寒夜、困倦。他还想追问手表的结局，她妈妈后来又怎么样了。

6

天空沁出纱状阴翳，幽暗之中，有人按下开关，源源不断的灯流使室内焕然一新。漫长的下午，他们从长篇累牍的恋情之中挑出碎片，丢进炉火中，又捞出一斛仅他们知晓内部逻辑的玻璃球。这是他们的密码，尽管在生命中的某段时光里，它曾是不受欢迎的。

他们没有提杨务群或小茉莉，当初分手之时，他们曾想把这些病菌清理干净，却发现这些问题无从解决。他们面面相觑，一段感情受制动而减速，拖行多日终于停在令人难堪的终点，但实际上，一个不可挽回的结局早就预定了。

　　他记得终结之日，他从电影院走出来，黎明在高空中渐趋立体。星空呈带状，明灭不定，色板变化更使之魔幻。他走在一条平缓的大路上，确信它通往小茉莉的住处。因为通宵疲乏，他心脏跳得很快。鸟尖声欢呼起来，沿街开始有行人，小馄饨摊煮沸了水。他必须加紧步伐，很快破晓，他会失去保护色。当他再次爬楼梯上二层时，日光从镂空图形里送来清淡的一笔，他头一次意识到，自己还那么年轻，将临的可能性足以填平任何一场错误——他由此接受了一个新的错误，他敲响小茉莉房间的门，两三次以后，一个陌生男孩不耐烦地打开了门。

　　他们不会再谈论这些，尽管他们私下或许会承认，是坏的那一部分让他们对这段感情铭记更深。大学时她曾想，每个人生命中都有一条生产痛苦的流水线，而她要把丰沛的痛苦带往哪里呢？当然也有快乐，或其他积极的东西，但那只是一些短暂的瞬间，痛苦才是无尽的，永不背叛她。现在她不这么想了，她宁愿记住他们谈论未来孩子时的模样，她那么理所当然地说出，"要聪明，而且永远善良。"仿佛她的轻信能撼动根本规律，任何希望都不会落空。她记住的是厦门海边度过的夜晚，千篇一律却永远动人的遥远星辰。

　　她想到杨务群曾引用过的：不宽容实际上是一种软弱

的表现。那些年，杨务群在黑板上写过多少金句，有时她会突然想到其中的某句。如今，她才有能力去分辨杨务群想表达的究竟是什么。有趣的是，他往往并非是正确的，但也不足以错到要经受某种惩罚，那只是一种立场。而对于个体——那些渺小的、矛盾重重的生命，软弱是他们的天性。问题的根源不在于宽容，而是尽可能提供谅解的空间，不要轻易下定论。

她另外约了晚饭，他想站起来送她，却被她阻止。他们靠客套来维持彼此之间的距离，好让双方都心安理得地行于自己的轨道。他目送她推门出去，在屋檐下整理绒毛领。天空腾出一股暗调乳白，好像快下雪了。她沿路慢慢走，经过他身边时，突然想起什么似的敲了敲他们之间相隔的玻璃。他慌忙站起来，她笑了，口型夸张地向他吐出一句话。她重复了三遍，他仍然不知所云，于是她挥手，以好看的笑容作别。

他坐下来时，忽然反应过来她唇语的含义。

她在说，她信了天主教，她会为他祷告。他想问，现在这一套还流行吗？祷告前后，他的人生真的会变得不同吗？但她已经远走，往后的几年里也没有重逢的机会，她是去日中一道再未折返的光。而他终将为失去的一切感到庆幸，将彻底的毁灭视作自由，以此获得安慰。

仇雠剑

我们聚成一撮有时也谈别的,电影、八卦、失事飞机、昌里路长清路交叉口的神秘案件,但今天我们只谈一件事:罗小曼是个婊子。

我们把冰箱里的啤酒倒得精光,打了几个嗝,不满于这低浓度的麦芽汁。陈冲捏掉香烟,骂骂咧咧走到橱柜前,翻出一瓶莫斯科谢列梅捷沃机场免税店买的伏特加。我们哈哈大笑,不对水直接喝下。接着我们东倒西歪,像被打过一波的保龄球。

一个夏夜,我们在这座衡山路的房子里碰头。后来养成习惯,每两个礼拜来一次。男人们带来烟酒零食,更有良知的还会买几盒鸭架。我显然属于没良知的。第一次来我就警告过他们,鄙人祖传女流氓,不好好伺候的走着瞧。房子是陈冲租的,装潢简陋,白墙萦绕,脚底的木地板之间还有缝隙。厨房和厕所都在门外,跟邻居合用。里面一共就一间房,三十平米不到。房东往这里塞了几件最低配的家具,整体仍然空空荡荡。这种简单的格局很好,毫无躲藏之处，一眼能看清所有人在干嘛。我们之间没有秘密。

罗小曼是个婊子，烂污面，猪猡的姘头，我一根铜丝把她吊起来海抽。宋必喜说。

我们兴奋地尖叫起来，好像他没在骂人，而是宣布了什么奥斯卡获奖名单。喝彩一钻进他耳朵，宋必喜越发来劲了。这个被踏扁的钢盅锅子，邋遢咸菜头，一粒老鼠屎还以为自己是天仙。

哎，等一等。这个罗小曼到底是谁呀？李青问。

你竟然连罗小曼都不知道？我们说。

是……是你朋友？李青问。

哄笑就像一团点燃的氢气，在我们之间灼烧起来。这时候我已经躺到地上，地面冰冰冷，秋天正向晚期衰颓。我笑得喘不过气，烟都没法吸，眼睁睁看着婚宴上摸来的软壳中华化作灰烬落下。

罗小曼啊，罗小曼就是……朱奇一手拿着掰断的鸭架，如指挥棒在李青面前戳戳点点。他可能故意戏弄李青，也可能真的一口气没接上来。总之，剩下的半句话被他含在嘴里，死活吐不出来。

就是一个顶不要脸的狐狲精。宋必喜接下去说。

房间里再次迸发一阵吵闹，嬉笑，每个人各自胡言乱语了几句。李青被我们弄得越发糊涂了，脸涨得通红，下颌微微朝里收紧。他手里没有烟，没有酒，没有任何可以掩饰眼下窘迫的道具。我们看着他这副样子，笑得更响亮，好像通过戏弄他间接伤害了罗小曼一样。

我就是觉得，你们这么刻薄地讲一个人，不好。李青说。

立刻有人学着他的语调把这句话复述了一遍，跷着兰花指，末了做作地捂住心口。我看不过李青这副蠢样，一下子从地上坐起来。

你认识罗小曼吗？你当她是谁？你这种话说出去被人笑掉大牙。我说。

我不认识才觉得不好啊。李青说。

不认识就别放屁，一边啃鸭架去。我说。

为什么？她到底干过什么？李青问。

这还用问吗？大家都说她婊子，能是个什么货色，你自己脑筋转一转。陈冲接过我的话说。

陈冲从印有柯南的烟盒里倒出一支烟，雪白纤细。我咬住尾部，眼前火苗闪烁，然后我开口露出半层牙齿，一张烟网慢条斯理地向外撒出去。陈冲凑近我，轻轻触碰我的大腿，似在安抚我。他对我说，你的瞳孔胀开了，像两池长满湿性植物的沼泽。

滚开，你们这些窝囊废。我说。

我哆嗦着又吸了一口烟。其他人还在和李青理论，唇枪舌剑本该都刺向罗小曼，但李青非但不和大家站在一边，还要替她挡下一茬。他们争论越发激烈，有人甚至朝李青挥拳头，被另一些明智的人拦下来。桎梏久久不散，这房间内长了一枚肿瘤。我暗中恨道，一切都怪罗小曼，这笔账一定要和她算清楚，就在今天。

硝烟随阳台门打开而略微退散，人们疲倦地瘫下。李青坐我斜对角，一脸怀疑，仍不肯服软。他让我想起一个人。我盯住他打量许久，他的额头有方形的棱角，五官紧凑，好像永远在皱着眉。秋冬还没过渡完，他已经穿上了墨绿色的羽绒服，一根白色小绒毛从他袖子的缝线里钻出来。他一只手撑在膝盖上，另一只手握成拳头。他究竟是什么样的人？笨拙、懦弱、疑神疑鬼，配不上我们这群朋友。我目不转睛，仿佛他是来自敌营的俘虏，我非得从他身上剥出一些对我们审讯的回应。至于我想起的那个人，他和李青截然不同，甚至可以说恰恰相反。唯一联接点在于，那个人也叫李青。

故事原名叫《仇雠剑》，是我在一个著名的BBS上读到的。当时互联网还不算普及，网民聚集之处无非几个地方。我刚念大学，热衷于通宵达旦的蹦迪，日夜如失衡的沙漏颠倒。偶尔下午醒得早，就靠网上的一些离奇故事打发时间。上百个故事落入我的视线，几乎全部像酷暑的雨水迅速蒸发，只有这个《仇雠剑》晃悠悠地挂在我印象中。原作者在故事最后写过一段话，说尽管写的是古代题材，但这实际上是一个未来的故事。我始终没弄明白它的"未来性",往后的好些年里,我把这个故事不断对人复述,企图发现故事背后的含义。我讲了太多遍,不自觉在某些地方添油加醋,故事渐趋畸形,而原作者留给我的谜语也深深沉入水底。

清朝末年,北京城的上空出现一条青龙。乘雷载云,摇鳞瀺灂,发光的长躯绕太和殿三圈。在古代,凭空出现的动物很有讲究,比如斩白蛇而汉兴;动物的颜色也有讲究,比如见青蛇而汉危。那次出现的是一条巨龙,龙代表皇帝,哪能随便讨论呢?

许多百姓都见到这条龙,人们一惊,筐篮、扁担、插糖葫芦的草木棒子纷纷掉地上。那时京城里已经有了外国人,西洋记者端起相机,双手颤抖着为中国奇迹按下快门。神父画下十字架,心想回国要向子民宣告,耶稣有时也是一条龙。他们倒有闲情逸致,但我们的老百姓心下惊慌不已。当时社会动荡,天现异象,由不得人们不往坏处想。

有个叫龚自珍的爱国官吏大叹不已,日之夕矣,天下大乱,这可怎么办?他常常怒不可遏,为国家的未来担忧得咳血。义愤之余,他写了两百多首针砭时弊的杂诗。其中二句很有名,"我劝天公重抖擞,不拘一格降人才。"

天公也真不是无动于衷的。不久,城里出现了一个侠士。

这个侠士武艺高强，使一柄乌兹钢铸成的长剑，来去如雾亦如电。他首次登场，随的是一件朝廷官员的命案。死者任大理寺正卿，平时一贯徇私枉法，案下冤魂多得地府都塞不下。一个良辰吉日，侠士潜入那人家中，一剑削下他头。这个官员的头特别圆胖，据说第二天仆人进门时，这颗头还在地上打滚。仆人一定睛，看到侠士在门槛上留下一副剑刻的对联：疾恶如仇雠，见善若饥渴。署名"杀人者李青"。

事情很快就在城里传开，人人拍手称快，那声音就像一把棋子噗噗落在棋盘上。有人叫李青"李大侠"，有人嫌这个名声不够响亮，自作主张给李青取了个诨号——"仇雠剑"。

与此同时，朝廷和百姓在想同一件事：这个李青是何方神圣？怎么如此胆大包天？适逢道光皇帝在位，他勃然大怒，一面下令即刻全面搜捕李青，一面派出原属粘杆处的情报人员，看看城里哪些人在附和这件事。几天下来，情报人员一筹莫展，因为几乎所有人都在叫好。实际上，只有一小部分人真正受过大理寺卿的迫害，他们发自内心为复仇而畅快，其他人则各有原因。有些人稍微读过几年书，觉得这次刺杀符合大义，这个李青比荆轲更利落，比专诸更有才华，还会吟诗。既然这是一件成功的义事，那称颂它就能体现自己的正义。还有些人，纯粹来看热闹的，别人都在赞美李青，他不去赞美一下好像就不时髦了。不管怎么样，这些人形成了一种强烈共鸣的声音。

至于主持搜捕行动的督捕司，也是困难重重。李青继承古代侠士的遗风，十步杀一人，千里不留行。或许督捕司应该暗中庆幸，假如他们真碰上李青，殒命也只在一剑之间。当然，真正令人担忧的，不只限于这一次杀戮。

道光皇帝不幸的预感最终应验了。李青非但没被抓到，反而继续大开杀戒。一月之间，死于李青剑下的共有二十余人。李青所杀的，都是恶名远扬之徒，朝廷官员、民间恶霸、贩卖鸦片的、卖国买办。李青的刺杀范围很广，但朝廷渐渐摸出了那条杀人的规律——他只杀"恶人"，大众百姓的怨声载道朝向哪里，李青的剑就指向哪里。

道光年间，烟馆林立，鸦片战争落败以后，英国人比往日还猖狂。李青手刃的这些人，有两三个连道光都恨之入骨，死了对谁都有好处。然而，普天之下莫非王土，什么时候轮到李青指手画脚了？道光皇帝一甩手，派出四名大内高手继续追踪。放话道，李青不死，你们替他死。而在平时，虽然道光皇帝日日操心李青一事，嘴上却不提。他不想听到李青的名字，避之如瘟疫。

李青的名声在民间越来越响。一个人一旦出了名，就别指望所有人对他一致好评。一开始人人崇拜李青，等他的美名流传愈广时，有一部分人的立场就变了。首先倒戈的是烟鬼，李青所杀的是鸦片总代理，烧毁大量鸦片，这就导致北京城里的鸦片一时供不应求。如此一来，鸦片价格飞涨起来。

另有一天深夜，李青路过一个富丽的陵园，看见一个女人正跪在一座墓碑前痛哭。她衣衫破烂，身后跪着两个同样脏乱的男孩，一盆炽烈焚烧的炭火将三具影子映得修长细弱。李青走近一看，这是座新坟，墓碑上竟刻着他所杀的恶霸的名字。豁达如李青，也倒抽了一口凉气。并不是因为恐惧魑魅，而是因为他不理解这些人的行为，他们的哀悼令他疑惑。李青隐藏自己的身份，问女人，你为什么要祭祀这个恶人？女人好不容易止住啼哭，幽幽站起来，根本不曾抬眼朝李青一瞥。女人的目光在火上辗转，她反问李青，哪有什么恶人？善恶无非是你一时看到的。六年前灾荒，我们上门磕头求粮。这个黄老爷嫌我们烦，让手下的人打我们，我丈夫两条腿就是被他们生生打断的。我们拖着他回家，准备一家去跳河自尽。当时我想，我做鬼也不会放过这个黄老爷。结果就在这时候，黄老爷派人给我们送粮食来了。他一开始是想戏弄我们？还是他突然起了恻隐之心？谁知道呢。可我们这些命，到底还是他救回来的啊。

这次夜遇，李青淋了雨，终日昏昏沉沉。他客宿旅店，连夜听见窗外又下起了雨,一排错落的韵律在窗纸上跳动。他觉得雨好像永无止境,他的脑子里也有一场模糊的大雨在落下。

侠士李青倒不会受困于湿漉漉的幻觉。眼下,他有一件非常重要的事要做,杀掉一个女人。那个女人没犯过滔天大罪,她做事总是小心翼翼,尽量不引人注目。她有时太封闭了,他觉得她有很多话没有讲出来。李青闭上眼睛,又睁开。事情看上去总是有多种可能性,但大部分可能性都是铺了鲜花的死路。剩下的那一条路,比死路走起来还痛苦得多,可是只要咬牙走下去,就可以不死。这个女人非杀不可,事后李青想,这或许是他人生中最伤心的事。

李青双手交插在宽硕的衣袖里,风捧起他乱蓬蓬的头发,他的脸露在灯火之下。消瘦、饥黄,这样看过去,一代侠士和普通人没有什么差别。慢慢地,李青踱到那家熟悉的妓馆门口,他穿过廉价玻璃珠串成的帘子,殷勤的招待和粉香在空中喷洒,像蒲公英被吹落的棉毛。一种没来由的恐惧攫住了他,他想先去地下室躲一躲,却见那个女人端坐其中,正在等他。星火在白色蜡烛的芯上颤巍巍站立,衬着光,只见她一身黑衣,如在守丧。

你回来啦。她说。

哎。我有点着凉了。李青说。

岁末严寒。何况你杀人太多,死人血是冷的,着凉也不奇怪。她说。

我只杀大家想杀的人,我是他们的手。李青说。

现在你要来杀我了。她叹了一口。

全天下知道我底细的人,只有你一个。你知道很多人在追杀我,有朝廷的,也有仇家。已经有人查到你了,其他人也很快会知道,接着就会来找你。我不杀你,你会死得更惨。不管你有没有把我的情况供出去,他们都会弄死你泄愤,因为他们抓不到我。李青说。

不用讲道理,我知道。她又叹了口气,她的人生已经没几口气好叹了,干脆一次性叹完吧。

李青拔出剑,剑锋白虹贯日,地下室里的老鼠忍受不了耳鸣,纷纷发出哀号。她原先不知道他剑术那么登峰造极,一下子看呆了。不管你自以为跟一个人多熟,他身上还是充满秘密。世界上每两个人结识,就有一座深不见底的迷宫产生。她死前才明白这个道理。

有件事我要说清楚。她转念一想,还是说清楚比较好。

你说。李青大度地说。

你走的那天就想杀我了,拖到今天只是换了个借口。我以前一直想,为什么,我到底哪里得罪你了?刚才我突然想明白,没有特别的原因。你就是想我死,这样没人知道你以前的事。你可以重新开始,你的心病就治好了。她说。

李青拔出了剑，侠士即是如此，当他们口舌愚笨的时候，就用铿锵剑声讲话。

大理寺那个周大人，我替你报仇了。他最后对她说。

她笑了笑，说不出是表示感激、还是隐含着轻蔑的笑。他便走上前，翻滚默念着几条不得不杀她的理由，然后了却这件令他焦头烂额的事。

李青走出门时，天空飘下一层层细雪。他有些闷闷不乐，翻腾在他体内的海涨潮至喉咙口，一股难以言明的压力紧紧夹着他。他心下一算，年关马上要过了，新的一年像一张欣欣欲开的蚌壳，他要在为民除害的事业上走得更远。李青所不知道的是，其实蝉、螳螂、黄雀都不算什么，永远有更庞大、更难预料的凶险在后。

故事确实太长了。我费力压住酒劲，七拼八凑，刚给他们还原了前一部分，已经有两个人昏昏欲睡。我跳到其中一个人的背上，狠命踩了两脚。那个似在掩面打瞌睡的人抬起头，原来是宋必喜。我一阵来气，戳着他的太阳穴问他，怎么了，把你无聊得瞌睡了？请你指教一下故事怎样讲才行。他连连摇头，伸手把另一个人扯醒，至此酒也醒得差不多了。

这些狐朋狗友里，唯有李青听得最认真。他双眼往外鼓，像一只多愁善感的猫头鹰。话说回来，李青平时就和我们不太一样，和故事里的李青也不太一样，我琢磨着他很难找到同类，他的同类都被时代淘汰了。我们每次聚会仍然叫他，因为他就是那个会买鸭架的人，还有一次排了两个小时队，买来一家网红店的蛋糕。我们都觉得蛋糕很好吃，慕斯匀称，朗姆巧克力的回味在五官内流动，可我们嘴上偏不承认它好吃，我们说，一个大男人竟然会排这么久的队买网红蛋糕，俗不俗气，羞不羞耻。我们一边说，一边捧腹大笑。有时候我不知道怎么了。我们这群人独处时一个个死气沉沉，看着马路想象被车撞死的场景，或者闷在家里对灰色的热带鱼讲话。我知道陈冲私下在吃药，往嘴里丢起来就像吃糖一样。可是一旦聚在一起，我们就会笑得停不下来，笑成纸老虎，笑得心血管直径扩张一厘米。我们大概是全世界最有幽默感的人。我们叫李青来还有一个原因，我们以前无聊时讲过各自的愿望。我记得我说的是，我希望有一个外星人把我的长相文在身上。其他人也照例扯淡，但是李青说，希望年老时能和一群最好的朋友住在一间屋子里，这就是他界定的圆满。从某种程度来说，李青也在扯淡，我根本不觉得自己可以活到年老。不管怎么说，李青给我们的感觉可怜兮兮的，他需要我们。

　　房间里响起一片打火机的声音，我们吞云吐雾，如梦初醒。这些事物如此亲切，在一个个可复制的周六凌晨，它们不断出现。我们还有一个朋友没到，今晚他去参加一次同学聚会，答应结束后来见我们，开启第二场狂欢。现在已经凌晨一点多，他还没来。我随口问起他，但谁都不知道他此刻在哪。有人愤愤地说，周亦松大概死在路上了。

只有李青没有笑，他头两侧有淡淡的青筋鼓起，仿佛脸部被某种东西拧得很紧。我忽然来了兴致。

你想什么呢？我问李青。

没什么。他说。

你看看人家李青，要是碰上罗小曼这种婊子，一剑杀一个。你再看看你自己，整个儿一废物。我说。

就是啊。李青你今天一定要跟我们一起骂，啐死这个婊子，不骂就是不信任我们。朱奇在一边煽风点火。

李青不说话，双手往里合拢，背也佝偻起来。他似乎全身都在为不能和我们一起骂罗小曼而抱歉，可他就是不肯骂。他浪费了我们在阵营里给他留的那个位子。朱奇可能觉得没面子，劝过几句后，忽然抬起左手猛捶李青的背脊。我吃了一惊，通常我们友谊性的内部攻击仅限于口头。捶打声在房间里扩散开，听起来像几只小松鼠从树上跳进雪地里，松软、沉闷。没捶几下，我闻到一股烧焦的味道。勉强抬头一看，原来朱奇手里的烟把李青的羽绒服烫了个洞。两三根羽毛尖端流着火星，如一些橙红色的信号灯在他手臂上闪烁不止。

朱奇推开李青，不声不响地站起来。他在房间里转了两圈，最后停在我斜前方，愤然作色道，罗小曼真他妈是个害人精。

你别气，我想到一个好办法。我们要把罗小曼的真面目向全世界揭露，一个李青不信任我们，谁稀罕？我灵光乍现，一拍腿说。

我顶着他们细碎的好奇，镇定地把手头的东西吃完。一个报复计划被我慢慢讲出来：我们可以去热门网站上曝光罗小曼，让其他人都知道她是个婊子。网友的正义程度总是出人意料，也许不出两天，她的隐藏身份、她的地址、她从小到大做过所有的恶心事都被挖出来，人尽皆知。她再也没法使坏。她甚至不能光天化日毫无遮掩地走在街上，因为大家都知道这个婊子是谁，他们刚刚还在网上对着她的照片吐过口水、龇过牙。罗小曼再狡猾，她逃得过舆论吗？她避得开众人拾柴火焰高吗？每个网友都是她的审判者，我们正义的意志将凝聚成一股巨大的力量，从某种程度上而言，杀死罗小曼是志在必得的。

他们大声叫好，陈冲当即拿来笔记本电脑。我们在最有名的爆料网站注册了一个新账号"天行者"。这只是个开端，一颗被命名为罗小曼的行星爆炸在即，一块块百拙千丑的陨石将从她身上崩裂，在眼下每一个知名平台砸出坑洞。她随身挟带刺眼的冥火，或许她的恶名比我们预想的传播还快。

我们写点什么呢？朱奇问。

显示屏掩映我们面面相觑的窘迫，页面一片空白，光标有条不紊地跳动。我们表达能力很差，时光消逝并未促使我们在上面留下任何信息。我感到眼眶酸涩，一把将宋必喜推到正当中，催他快点写。我说，随便写，狠一点。真假结合也可以，对她这种人不用客气。

挤在电脑前的人群中，有一双手伸出来，在键盘上敲了罗小曼的名字和身份证号。我们从一筹莫展中稍微恢复了一些激情。我们问陈冲怎么知道她身份证号的，他撇撇嘴，一副理所应当的模样。他说，每个人都知道一些别人不知道的，这很正常。

宋必喜抓住了乘胜追击的机会，他开始快速往屏幕上填充文字。一个活脱脱的罗小曼跳了起来，恶毒、低劣、凶狠、贪婪、咄咄逼人、超乎寻常。宋必喜一边写，一边说，写这东西得有点策略，我们不能显得高高在上，能打动读者的并非轻视，笔墨要着重放在罗小曼怎么迫害我们才行。我们点头。还想继续看下去，宋必喜却挥一挥手，他嫌我们干扰他创作，像用木棒捅破一张蜘蛛网般赶走了我们。

我们悻悻散开，我故意坐在李青旁边。我把手指伸进朱奇烫出的洞，食指、无名指、中指，破损边缘箍住我的手指，再往里是轻轻啃食着我的羽绒。李青木讷地望着前方，甚至都没低头看我一眼。

我不知道做什么好，就继续讲多年以前另一个李青的故事。

道光皇帝的威胁并没有生效。最终，四个大内高手也算死得其所，他们没替李青死，而是为自己技不如人而死。尽管顺序有先后，李青的仇雠剑成为他们永恒的归宿。事到如今，李青已经没什么选择的余地。皇帝要杀他，他不得不反抗。他一反抗，就造成了对皇帝更为不敬的后果。他们之间的恨怨弥重，宛如渐行渐深的雾境。

在权力用尽以前，皇帝总有暴跳如雷以及寻找新人来满足他要求的资格。道光皇帝拍遍几案，向众官员布下巨额悬赏，指望有人引荐一个更专业的杀手。左右官员虽然贪财，但也深知，报酬的价值与问题的棘手程度成正比。何况四大高手的死亡就在眼前，没人敢蹚这趟浑水。

五天之后，正当大家默认这次招募就要无疾而终，大殿里忽然出现一个枯瘦的老头。老头身穿宦官服，披头散发，污垢将一撮撮白发染上斑点。他皮肤裸露之处皆尽发黑，细长的指甲里嵌满泥土，像刚从地下爬出来一般。在场众人没有一个知道他是谁。不过，这种未知反倒给他们带来一线希望。道光皇帝渐渐回过神来，朝老头一抬手，便有人将一柄装有玄铁宝剑的盒子送过去。只见老头摆摆手,面无表情,径直走出大殿。宫廷中一时静寂无声,道光皇帝单手摩挲紫檀木御案上镶入的硝石,久久不能言语。

恶鬼已上路,李青浑然不觉。

那日午后,李青正乔装成一个挑夫,在酒馆探听消息。天冷得很,北方的风干如一把把盐,把门口的酒旗扯得刺痛不已。店里统共三四桌人,李青点一坛烈酒,靠窗坐下。从二楼望出去,行人寥寥无几,沿街店铺呈现一种颓唐的静态。明晃晃的天盖在万物之上,光亮无底,却意外显得清寂。

李青惩杀恶人已一月有余,百姓呼声之势一度达到高潮。一开始,他们以为仇恨有了着落,每个人都在大声说话,等待那个叫李青的神秘人来收取信息。谁知好景不长,那些有权势的恶人想到了矫正民间舆论的策略。从前他们欺凌某一个百姓,枉法裁判,夺其财产。由于权威赋予他们自信,他们不必顾忌任何后果,迫害也就仅限于此。现在不同了,他们不仅要杀死被害人,还要暗中株连他的家人。凡可能知情的,皆尽灭口,以免坏事传到李青耳朵里。人们在避免杀身之祸时,总是无所不用其极,他们以大幅度的残暴掩盖了罪行。百姓自有他们的智慧,见此情形,也就明白到了该闭口不谈的时候了。

察觉到这一点时,李青痛心疾首。他头一次感到,世事如此复杂,所有角逐中的力量随时可能失衡。围观者无计可施，只能弄出一些细小的声响，其实只是自我娱乐。所幸李青并未气馁，他连日出入各种场合，加倍用心地打探哪些官员在百姓心中有恶名。

酒馆里没什么人气，人们从滚烫的酒里借完一些力，便纷纷走了。李青望了掌柜一眼，那个中年男人目光黯淡，一条鹰钩鼻戳破嘴里呼出的白雾，整个人如木雕一般。

这时，三个男人走进店里，掌柜木讷地动起来，但这迟滞的气氛并未影响到那三个顾客。他们面色通红，响亮的言谈之中满是义愤填膺。三个男人看见李青坐在窗边，声音低了下去，交谈逐渐变作窃窃私语。

三人举止反常，迅速引起了李青的注意。他们口中吐出一个熟悉的名字，此人是当朝兵部尚书中的一位。李青近来神经敏感，直觉告诉他，一个新的大众仇敌即将被他找到。为了使他们放松警惕，李青故意加快喝酒的频率，不多时便扑倒在桌上。酒坛被他撞在地，一记清脆的声响在店里游荡开来。那三个人往李青这桌瞥过一眼，不禁发出几声嗤笑。他们继续讲下去，用一种更轻盈的音调。李青集中心思，好歹还是把一切听得清清楚楚。

不出李青所料，这个兵部尚书非常精通为官的手段，深得道光皇帝的信任，同时也和几处地方总督交好。前一年他负责武将选拔，选来上任的武将都声名狼藉。如果仔细地想一想，早该发现问题了。实际上，这个兵部尚书一直私通外国人,和英国、俄国的间谍都有联系。为了在外国势力入境后仍保有一定地位,他不知道出卖了多少统军的情况,是个十足的卖国贼。他们唉声叹气,说到当前局势时,他们的声音细如蚁语。

李青心下一凛,说不出是气愤还是兴奋。此后的几天,他分外留心,挑选了一些能探到更多消息的场合。而不知为什么,这次消息来得特别顺利,兵部尚书恶行弥多,更使李青坚定了杀死他的决心。李青擦亮仇雠剑,还未出手,就已志得意满。

一天夜里,丑时刚过,李青飞入卖国贼的宅邸。烛影昏昏摇晃,兵部尚书焦黄的头颅从窗口露出来。李青一见那张皱纹纵横的奸诈面孔,顿觉血气上涌,弹指间已立在房间中。长剑发出滋滋的声响,如热锅刚起,一道白光直冲向对方的脖颈。兵部尚书虽然负责军事工作,归根结底只是一介文官,他把手伸向烛台打算拿起来反击,但事实证明,反击的念头只是他临死前的一场梦。鲜血毫不客气地溅出来,竟有一滴飞到李青睫毛上。他轻轻一揉,整个世界陷入一片腥膻的深红色之中。透过那层狰狞的滤镜,李青发现一本兵书正摊在书桌中央,批注用端正的小楷写成。再往旁边,有一张北境地图,这位死去的兵部尚书刚在研究粮草的调度路线。

李青素来无所畏惧,上至人间的恶府凶门,下至地狱的刀山火海，去哪里他都不会迟疑。可在那一刻，他感到毛骨悚然。他打量四面剥落的空墙，只觉天旋地转。

就在这时，一颗倒悬骷髅头从屋梁上垂下来，一边发出乌鸦般的声音，似在尖笑。等他落了地，李青才看清那怪物的模样——一身宦官服，荔枝皮纹在他脸上爆开，横穿他黑曜闪烁的眼球。

杀得好。杀得好。怪物连连说，嗓音尖细如长锥。

你是谁？李青问。

我等你好几天了。怪物说。

你等我做什么？李青问。

你说呢？怪物反问。

你不用难过。这个人该死，迂腐，假正经，挡了多少人的道。我替大人们谢谢你。怪物又拱手笑道。

李青愣住了，浑身感知能力瞬间消失。他隐隐察觉到一切的原委，可惜事情已然发生，流畅得像一条墨绿色的河流。

这是一个一举三得的圈套，李青听到的所有流言，都是将他引向错误杀戮的诡计。一来借李青之手除掉了刚正的兵部尚书。二来嘲弄李青，他的行为多么可笑。除此以外，也让李青自己送上门，那怪物无需再四下寻访他的行踪。

李青感到有些东西崩裂了，他突然明白过来，所有东西，无论物质的或抽象的，只不过是幻影一片。即便竭尽全力，哪怕牺牲最重要的东西，也成全不了什么。一切都于事无补。人生倾倒之时，他想起地下室的那个女人。他惊愕地意识到，当他们瞠目结舌地对立于地下室时，曾有鲜活的色彩如扇面般在她身上绽开，那远远比眼下的事物真实得多。

我们听到一阵响亮的踹门声。这声音让我想起多年前的夏天傍晚，我爸爸和几个男人露天坐着。一个啤酒瓶忽然爆炸了，碎玻璃铺满墙角，只剩小半截瓶底保持完整。我惊慌失措，但因为没人受伤，他们都不大在意，便继续嬉笑，不屑一顾地谈论他们根本不理解的大事。

周亦松进门了，房间更显得闹哄哄。他像一把干燥的白杨木，跳进我们噼啪作响的火炉。他浑身酒味，骂骂咧咧。他说，还好我上来看一眼，你们竟然没散。

奇怪吗？说好等你，我们几时爽过约？我们说。

我刚下出租车，撞见李青迎面出来，以为你们结束了。周亦松说。

骚动渐渐波及整个房间，我们惊讶地环顾四周，发现李青真的不见了。他没和任何人打过招呼，我们甚至没注意到门锁拧开的咯哒声，他已从这暧昧绵长的凉夜消失。

这个狗叛徒，他和你说什么没？我们问。

没有，什么都没说。他看上去哪里出了问题。周亦松摇摇头说。

哦，他从来都是那样的。我们说。

我叫了他一声，他毫无反应。我伸手想抓住他右肩，才碰上就滑脱了，只好目送他走了大约五、六米。我这才注意到，他羽绒服左侧的袖子裂开一道很长的口子，无数白得发光的绒毛纷纷往下落，一路走，一路四下乱飘，就像局部地区下了一场微型的雪。

我们怔怔地望着周亦松，怀疑他喝酒过量，产生了幻觉。为了让他早日返回现实世界，我们决定以毒攻毒，把剩下的伏特加全倒在他的杯子里。我们围绕笔记本电脑站成一圈，我按下发送键，不无仪式感地将罗小曼的事传输上网。我们碰杯，一口口刺痛舌蕾的烈酒往喉咙深处流去，最后的燃料将五脏六腑炙烧起来。

我放下玻璃杯，打算到阳台上透透气。不多时，陈冲也从窗帘下钻过来。我们紧靠在一起，却没什么肉体上的知觉。天空泛出一种沉甸甸的棕红，一些过于勤奋的鸟率先叫起来。有时风吹过来，枯枝败叶勉强随之瑟瑟作响，世界的其他部分也发生了轻微的形变。

我告诉陈冲，那个故事其实还没讲完。

陈冲点点头，若有所思的模样。

我说，杀手去见道光皇帝时，并没带上李青的头。这个世界上存在让李青消失的人,但没有一个能取下他的头。为了自证战绩,杀手把李青的剑柄献给皇帝。流线型的握柄,上面镶的每一块闪烁的石头都有来历。剑刃可以刺人,剑柄则可以用光刺破黑夜。皇帝心中有数,这件事到此为止了。

由于张口讲话,我吸进一管管黏有晨霜的冷空气,冰凉如山雾弥散在喉咙口,但我并不介意,我吃过更糟糕的东西。沉默之际,我想起刚才为故事收尾时,远远望见楼下有一团阴影。薄薄一层,在一棵梧桐树下移动,仿佛可以用指甲轻轻剥下来。我们的脑频率莫名其妙地共振起来,陈冲也开口提到阴影。陈冲认定那是一个飞碟,我纠正他,是个穿雨衣的女人。他笑了起来,可是哪里来的雨,自始至终,陆地一片干爽透明。他说的没错,但也不可能是飞碟,世界上不存在那样的东西。

我们保持原先的姿势站着,稍一转头,便打了照面。时隔多年,我重又被他灰蒙蒙的眼睛笼罩住。我记得我们刚认识的那个夜晚,我用一束光照他的眼球,诧异于他眼中交叠的灰绿色圆环。当时我用两枚手指撑住他的眼皮,他想眨眼,拼命挣扎还是没法动弹。我们一群人捧腹大笑,哄哄闹闹,有些人已蜕化成一层模糊的影子。每个人只能陪你走一段路,但你们终将各自去向更好的地方。

那是一次喝酒时的真心话大冒险游戏，陈冲输了，接受惩罚。大家笑够了，我放下手电筒。我往二楼栏杆处走，直到能看见楼下舞台的地方才停下。十二点刚过，音乐响得耳膜生疼，一根根钢管上缠绕着生机勃勃的女孩。也有喝醉的顾客自行爬上去，他们四肢大幅度扭动，好像一把张狂的泡沫。女人们头发长得惊人，在半空中反反复复地交错。

我穿过细长的走廊，酒吧里很热，甜腻的香水气味使它更像个熔炼炉子。走廊的尽头是墙，没有楼梯，也不能通往任何与众不同的新地方。我沿墙蹲下来，不知道自己在做什么。各处都绑着装饰的氢气球，音浪跌宕，头顶的气球随时会爆炸。我想喊叫，可声音会消失在烟霭之中，就算歇斯底里，到最后也只能证明自己的无能。那究竟是哪一年？那时候我还年轻，会为一些细小的世事不知所措，那时候罗小曼似乎还是我的朋友。

我环视一圈，感到自己正朝着世界中心溶解。于是抓住身边人的手，开口拼命讲话，以便保持自我的存在。